우리고전 100선 21

난중일기

우리고전 **100선** 21

난중일기

———

2015년 10월 12일 초판 1쇄 발행

———

편역	김지윤
기획	박희병
펴낸이	한철희
펴낸곳	돌베개
편집	이경아
디자인	이은정
디자인기획	민진기디자인
표지그림	전갑배(일러스트레이터, 서울시립대학교 시각디자인대학원 교수)

등록	1979년 8월 25일 제406-2003-000018호
주소	(413-756) 경기도 파주시 회동길 77-20 (문발동)
전화	(031)955-5020
팩스	(031)955-5050
홈페이지	www.dolbegae.co.kr
전자우편	book@dolbegae.co.kr

———

ⓒ 김지윤, 2015

———

ISBN 978-89-7199-680-5 04810
ISBN 978-89-7199-250-0 (세트)

우리고전 100선 21

난중일기

—

이순신 지음 · 김지윤 편역

돌베개

지금 세계화의 파도가 높다. 현재 진행되고 있는 세계화는 비단 '자본'의 문제이기만 한 것이 아니라, '문화'와 '정신'의 문제이기도 하다. 그 점에서, 세계화에 어떻게 대응할 것인가 하는 것은 우리의 생존이 걸린 사활적(死活的) 문제인 것이다. 이 총서는 이런 위기의식에서 기획되었으니, 세계화에 대한 문화적 방면에서의 주체적 대응이랄 수 있다.

생태학적으로 생물다양성의 옹호가 정당한 것처럼, 문화다양성의 옹호 역시 정당한 것이며 존중되지 않으면 안 된다. 그럼에도 세계화의 추세 속에서 문화다양성은 점점 벼랑 끝으로 내몰리고 있는 것처럼 보인다. 하지만 문화적 다양성 없이 우리가 온전하고 행복한 삶을 살 수 있겠는가. 동아시아인, 그리고 한국인으로서의 문화적 정체성은 인권(人權), 즉 인간 권리의 문제이기도 하기 때문이다. 그래서 우리 고전에 대한 새로운 조명과 관심의 확대가 절실히 요망된다.

우리 고전이란 무엇을 말함인가. 그것은 비단 문학만이 아니라 역사와 철학, 예술과 사상을 두루 망라한다. 그러므로 일반적으로 알려져 있는 것보다 훨씬 광대하고, 포괄적이며, 문제적이다.

하지만, 고전이란 건 따분하고 재미없지 않은가? 이런 생각의 상당 부분은 편견일 수 있다. 그리고 이런 편견의 형성에는 고전을 연구하는 사람들에게 큰 책임이 있다. 시대적 요구에 귀 기울이지 않은 채 딱딱하고 난삽한 고전 텍스트를 재생산해 왔으니까. 이런 점을 자성하면서 이 총서는 다음의 두 가지 점에 특히 유의하고자 한다. 하나는, 권위주의적이고 고지식한 고전의 이미지를 탈피하는 것. 둘은, 시대적 요구를 고려한다는 그럴듯한 명분을 내세워 상업주의에 영합한 값싼 엉터리 고전책을 만들지 않도록 하는 것. 요컨대, 세계 시민의 일원인 21세기 한국인이 부담감 없이 '쉽게' 접근할 수 있는, 그러면서도 품격과 아름다움과 깊이를 갖춘 우리 고전을 만드는 게 이 총서가 추구하는 기본 방향이다. 이를 위해 이 총서는, 내용적으로든 형식적으로든, 기존의 어떤 책들과도 구별되는 여러 모색을 시도하고 있다. 그리하여 고등학생 이상이면 읽고 이해할 수 있도록 번역에 각별히 신경을 쓰고, 작품에 간단한 해설을 붙이기도 하는 등, 독자의 이해를 돕고자 하였다.

특히 이 총서는 좋은 선집(選集)을 만드는 데 큰 힘을 쏟고자 한다. 고전의 현대화는 결국 빼어난 선집을 엮는 일이 관건이자 종착점이기 때문이다. 이 총서는 지난 20세기에 마련된 한국 고전의 레퍼토리를 답습하지 않고, 21세기적 전망에서 한국의 고전을 새롭게 재구축하는 작업을 시도할 것이다. 실로 많은 난관이 예상된다. 하지만 최선을 다해 앞으로 나아가고자 한다. 그리하여 비록 좀 느리더라도 최소한의 품격과 질적 수준을 '끝까지' 유지하고자 한다. 편달과 성원을 기대한다.

박희병

우리에게 이순신(李舜臣, 1545~1598)은 어떤 존재인가? 한국인이 존경하는 대표적인 위인이자, 서울 광화문 앞에 동상으로 굳건히 서서 매서운 장수의 눈으로 지금도 나라를 수호하는 민족의 성웅(聖雄). 이순신의 '겉'은 아마도 그런 것 같다. 이순신에 대한 우리의 관념도 그의 동상이 그러하듯 거푸집 안에서 딱딱하게 굳은 채 변치 않고 있는 것은 아닌지.

그렇다면 우리에게 『난중일기』(亂中日記)는 무엇인가? 나라를 구한 영웅의 고군분투와 고뇌가 가득한 전쟁 일기. 그러나 이는 어쩌면 후대 사람들의 일방적인 생각이 아닐까 한다. 『난중일기』는 어느 조선 장수의 일과와 행적이 기록된 사료(史料)이기도 하지만, 한 인간의 감정이 솔직하게 담겨 있는 내밀한 일기장이기도 하다.

이순신은 수십 번의 해전에서 승리만을 거두며 왜적을 물리치고 조선을 지킨 위대한 업적을 이룬 인물임에는 틀림없다. 그렇다고 해서 이순신이 반드시 성웅으로만 미화될 것은 아니다. 『난중일기』에 보이는 것은 인간 이순신의 모습이다. 이순신에게 초월적 능력 같은 것은 없었다. 단아하고 진중한 성격의 이순신은 언제나 자기 일에 성실했고 매사를 철저히 대비했다. 그리고 조선 수군 장수로서 자신보다 나라를 먼저 생각했다. 그러했기에 이순신은 전투에서 승리할 수 있었고, 또 조선을 지킬 수 있었다.

이순신 역시 울기도 하고 웃기도 하는 인간이었다. 그는 꽃의 아름다움을 두 눈에 담는 감수성 풍부한 사람이었고, 공정하지 못한 처사에 분개하며 자신을 모함하는 이에게 화를 내는 사람이었다. 또한 전쟁터에서 가족을 그리며 남몰래 눈물짓기도 하고, 달빛 아래 잠 못 이루고 번민하기도 하는 사람이었다. 그리고 이순신은 이 모든 내면의 감정을 일기에 적었다.

이 책은 이순신의 『난중일기』 가운데 일부를 가려 뽑아 번역한 책이다. 선별한 일기를 주제에 따라 분류하고 역자가 장마다 제목을 붙였다. 1장부터 3장까지는 공적인 인간, 즉 장수로서 전쟁에 대비하고 직접 왜적을 물리치는 이순신의 모습이 담긴 일기가 들어 있다. 4장에는 임진왜란(壬辰倭亂)과 정유재란(丁酉再亂)이 조선과 조선 사람을 얼마나 피폐하게 만들었는지 전쟁의 참상을 보여 주는 일기를 수록했다. 5장과 6장에는 이순신의 사적인 면모, 내면의 감정이 솔직하게 나타나 있는 일기를 실었다. 마지막으로 7장은 이순신이 백의종군을 거쳐 관직에 복귀한, 정유재란 시기의 일기로 구성되어 있다.

1795년 정조(正祖)의 명으로 편찬된 『이충무공전서』(李忠武公全書)를 저본으로 삼아 편역했으나, 경우에 따라 1935년 조선사편수회에서 간행한 『난중일기초』(亂中日記草)와 2008년 현충사관리소에서 펴낸 『충무공유사』(忠武公遺事)의 일기초(日記抄)에서도 몇몇 군데를 뽑아 번역했다. 덧붙여 이 책의 본문과 해설에 나오는 날짜는 모두 음력임을 밝혀 둔다.

수많은 『난중일기』 번역본이 있지만 텍스트를 주제에 따라 재구성해 독자가 내용별로 『난중일기』에 다가갈 수 있게 한 것은 이 책이 처음이 아닌가 한다. 아무쪼록 독자들이 이 책을 통해 인간 이순신의 마음을 느끼고, 이순신이 조선을 지키고 영웅이 된 까닭을 다시 생각해 보게 되기를 소망해 본다.

2015년 10월

김지윤

차례

조선을 지키리라

왜적의 배를 침몰시켜라

군율로 엄히 다스리리라

모두에게 참혹한 전쟁

한산섬 달 밝은 밤에

멀리서 그리는 가족

백의종군의 길

조선 수군의 관직 체계

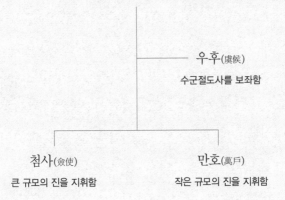

삼도수군통제사(三道水軍統制使)
전라·경상·충청도의 수군을 총 지휘함

수군절도사(水軍節度使)
전라 좌수영과 우수영, 경상 좌수영과 우수영, 충청 수영 등 각 수영을 지휘함

우후(虞候)
수군절도사를 보좌함

첨사(僉使)
큰 규모의 진을 지휘함

만호(萬戶)
작은 규모의 진을 지휘함

도원수(都元帥) – 전쟁이 일어났을 때 조선군 전체를 통솔함

체찰사(體察使) – 전쟁이 일어났을 때 지방에 파견하여 그 지역의 군사 업무 및 민정을 다스림

조방장(助防將) – 우두머리 장수를 도와 적의 침입을 방어함

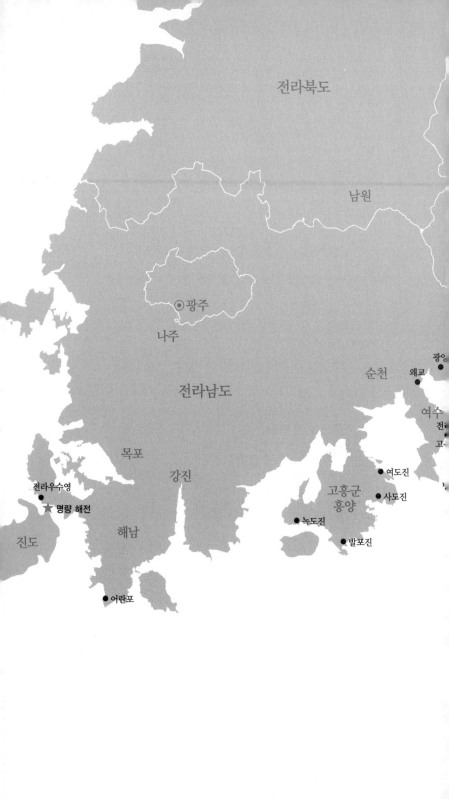

임진왜란 주요 해전

난중일기

조선을 지키리라

진쟁에 대비하라

1592년 1월 11일 하루 종일 가랑비가 내림

느지막하게 동헌에 나가 공무(公務)를 보았다.

군관[1]_ 이봉수(李鳳壽)가 선생원[2]_의 석재(石材) 뜨는 곳에
가 보고 와서, 벌써 큰 돌덩이 17개에다 구멍을 뚫었다고 보고했
다. 서문 밖의 해자[3]_가 네 발쯤 무너져 내렸다.

심사립(沈士立)과 이야기를 나눴다.

1592년 1월 17일 맑았지만 한겨울처럼 추움

아침에 순찰사[4]_와 남원부(南原府) 반자[5]_에게 보낼 편지를
다듬었다.

저녁에 배 네 척을 선생원으로 보내, 구멍을 뚫어 쇠사슬을
매어 놓은 돌덩이들을 가져오게 하였다. 김효성(金孝誠)이 이끌
고 갔다.

1592년 1월 19일 맑음

동헌에서 공무를 본 뒤 군사들을 점고[6]_하였다.

1_ 군관(軍官): 장수 휘하에서 장수를 보좌하거나 군사를 감독하는 등 여러 군사적 업무를 수
 행하던 장교급 군사를 가리킨다.
2_ 선생원(先生院): 지금의 전라남도 여수시 율촌면에 있던 역원(驛院)이다.
3_ 해자(垓字): 적의 침입을 막기 위해 성 주위에 둘러 판 못을 뜻한다.
4_ 순찰사(巡察使): 조선 시대 지방에 변란이 있을 때 임시로 파견되어 해당 지역의 군사 업무
 를 관장하던 관원을 가리킨다.
5_ 반자(半剌): 부사(府使)의 보좌관이다.

1592년 2월 2일 맑음

동헌에서 공무를 보았다.

쇠사슬을 가로질러 매어 놓은 큰 돌덩이와 중간 크기의 돌덩이가 80여 개가 배에 실려 왔다.

활을 열 순7- 쏘았다.

1592년 2월 4일 맑음

동헌에 나가 공무를 본 뒤, 북쪽 봉우리의 봉수대 쌓아 놓은 곳에 올라갔다. 참으로 잘 쌓아서 절대 무너질 리 없을 듯했으니, 이봉수가 부지런히 일했음을 알 수 있었다. 종일토록 바라보다가 저녁이 되어서야 내려왔다. 해자 구덩이도 둘러보았다.

1592년 2월 9일 맑음

새벽에 이원룡(李元龍)에게 군사들을 데리고 돌산도8-로 가서 쇠사슬을 꿸 긴 나무를 베어 오라 하였다.

1592년 2월 11일 맑음

식사를 마치고 배 위로 나가 새로 뽑은 군사들을 점고하였다.

6_ 점고(點考): 명부에 하나하나 점을 찍어 가며 사람의 수를 조사하는 것을 말한다.

7_ 순(巡): 활을 쏠 때 한 사람이 화살 다섯 대를 연달아 쏘는 것을 말한다. 열 순을 쏘았다는 것은 50발의 화살을 쏘았음을 뜻한다.

8_ 돌산도(突山島): 지금의 전라남도 여수시 돌산읍에 속한 섬이다.

1592년 2월 15일 비바람이 거셈

동헌에 나가 공무를 보았다. 석공(石工) 등이 포구에 새로 다져 놓은 구덩이를 여러 군데 무너뜨렸으므로 벌을 주고 다시 다져 놓도록 하였다.

1592년 2월 16일 맑음

동헌에 나가 공무를 본 뒤 활을 여섯 순 쏘았다. 새로 번9_을 설 군사들과 번을 나는 군사들을 점고하였다.

1592년 2월 27일 흐림

아침에 점검을 모두 마치고 북쪽 봉우리에 올라가 땅의 형세를 조망해 보았다. 고립되어 위태로운 외딴섬이라 사방에서 적의 공격을 받을 가능성이 있는데, 성을 쌓고 못을 파는 일조차 제대로 이루어지지 않아 걱정이 이만저만이 아니다. 첨사10_가 마음을 다해 애썼지만 아직 설비가 갖춰지지 못했으니 어찌한단 말인가.

해 질 무렵 배를 타고 경도11_에 이르렀다. 아우 여필12_과 조이립(趙而立)이 군관, 우후13_와 함께 술을 싣고 나와 맞이하였다. 다 같이 즐기다가 해가 진 뒤 관아로 돌아왔다.

9_ 번(番): 차례로 맡은 일을 하는 것을 뜻한다. 조선 시대 수군(水軍)에 소속된 군사들은 두 부대로 나뉘어 한 달씩 번갈아 가며 복무하였다.

10_ 첨사(僉使): 큰 규모의 진(鎭)을 지휘하던 무관(武官)이다.

11_ 경도(京島): '鏡島'라고도 쓰며 전라남도 여수시 경호동에 속한 섬이다.

12_ 여필(汝弼): 이순신의 아우 이우신(李禹臣)을 가리킨다.

13_ 우후(虞候): 수군절도사(水軍節度使)를 보좌하던 장수를 말한다.

1592년 3월 1일

임금님 계신 대궐을 향해 예를 올렸다. 식사 후에 별군과 정병[14]을 점검하고, 번 서는 일을 마치고 고향으로 돌아가는 군사들을 점고한 뒤 보내 주었다.

공무를 보고 활을 열 순 쏘았나.

1592년 3월 4일 맑음

아침에 조이립을 전별[15]했다.

객사(客舍) 대청에 나와 공무를 본 다음, 서문 쪽 해자 구덩이와 성곽을 덧쌓고 있는 곳을 돌아보았다. 승군(僧軍)들이 돌 줍는 일을 성실히 하지 않아 우두머리 중에게 곤장을 때렸다.

아산[16]으로 문안 갔던 나장[17]이 들어와, 어머니께서 평안하시다는 소식을 들었다. 다행이다.

1592년 3월 22일 맑음

성 북쪽 봉우리 아래에 도랑을 파기 위해 우후와 군관 열 사람을 나누어 보냈다.

밥을 먹은 뒤 동헌에 나가 공무를 보았다.

14_ 별군(別軍)과 정병(正兵): '별군'은 정규군 외에 따로 조직한 군대를, '정병'은 양인(良人) 농민 출신의 일반 병사를 가리킨다.

15_ 전별(餞別): 잔치를 베풀어 작별하는 것을 이르는 말이다.

16_ 아산(牙山): 이순신의 본가가 있던 곳이다. 지금의 충청남도 아산시 염치읍 백암리 현충사(顯忠祠) 내에 이순신 고택이 남아 있다.

17_ 나장(羅將): 나졸(羅卒). 조선 시대 병조(兵曹)에 속한 하급 관리로 고위 관원의 시중을 들거나 죄인을 압송하는 일 등을 하였다.

1592년 3월 25일 맑았지만 바람이 세게 붊

동헌에 나가 공무를 본 다음 활을 열 순 쏘았다.

경상 병사[18]가 평산포[19]에 들르지 않고 곧장 남해로 향한다고 한다. 나는 서로 얼굴을 보지 못해 안타깝다는 뜻을 담아 답장을 보냈다.

새로 쌓은 성을 둘러보았는데, 남쪽 성곽이 아홉 발쯤 무너져 있었다.

1591년, 일본이 조선을 침략할 것인가를 두고 조선 신하들은 의견이 분분하였다. 조선 조정은 만에 하나 일본이 침범해 올 것을 대비해 전국 각지의 성곽을 새로 쌓거나 보수하고, 무기를 점검하며, 능력이 뛰어난 장수를 서열에 상관없이 발탁한다는 대비책을 마련하였다. 이러한 때에 전라좌도 수군절도사로 임명된 이순신은 새로운 임지에서 누구보다 성실히 군사 시설을 살펴보고 군사들을 점검하였다.

18_ 병사(兵使): 각 도의 군사들을 총지휘하던 병마절도사(兵馬節度使)를 가리킨다.
19_ 평산포(平山浦): 지금의 경상남도 남해군 남면 평산리 일대이다.

무기와 전선을 점검하라

1592년 2월 22일

아침에 공무를 보고 녹도1-로 향했다. 능성2- 현령 황숙도
(黃叔度)도 동행하였다. 먼저 흥양3-의 전선(戰船) 만드는 곳으로
가서 배와 각종 기구들을 몸소 점검하고 난 뒤에 녹도로 갔다.
곧장 산꼭대기에 새로 지은 문루(門樓) 위에 올라가 경치를 바라
보았는데, 그 아름다움이 일대 최고였다. 녹도 만호4-가 마음을
다하여 정성이 이르지 않은 곳이 없었다.

흥양 현감, 능성 현령, 녹도 만호와 술을 거나하게 마시고 대
포 쏘는 것을 함께 보았다. 등불을 밝히고도 한참 있다가 자리를
끝냈다.

1592년 2월 25일 흐림

전쟁 대비에 여러 가지로 결함이 많아 군관과 담당 아전에게
벌을 주었다. 첨사를 잡아들이고 교수5-는 내보냈다. 사도6-는 방
비가 다섯 포구 중에 최하인데, 순찰사는 포상을 내려 달라는 보

1_ 녹도(鹿島): 지금의 전라남도 고흥군 도양읍 봉암리에 속한 옛 지명으로 녹도진(鹿島鎭)이
    있었다.
2_ 능성(綾城): 지금의 전라남도 화순군 능주면에 속한 옛 지명이다.
3_ 흥양(興陽): 지금의 전라남도 고흥군에 속한 옛 지명이다.
4_ 만호(萬戶): 작은 규모의 진을 지휘하던 무관이다.
5_ 교수(敎授): 조선 시대 향교(鄕校)에서 유생(儒生)들을 가르치던 종6품 관직을 말한다.
6_ 사도(蛇渡): 지금의 전라남도 고흥군 영남면 금사리에 속한 옛 지명으로 사도진(蛇渡鎭)이
    있었다.

고를 올리고 잘못을 조사하지 않았으니 가소롭다.

역풍이 세게 불어 배를 띄울 수 없었으므로 여기서 그대로
묵었다.

1592년 2월 26일

아침 일찍 배에 올라 개이도에 이르니 여도 배와 방답의 마
중하는 배가 나와 기다리고 있었다.[7] 날이 저물 무렵 방답에 다
다라 공사(公私) 간의 예를 마친 뒤 무기를 점검했다. 긴 화살과
아기살[8]은 하나도 쓸 만한 것이 없어 걱정스러웠지만 전선은 화
살에 비해 온전하여 흐뭇했다.

1592년 3월 6일 맑음

아침밥을 먹고 관아에 나가 무기를 점고했다. 활, 갑옷, 투구,
화살통, 환도[9]는 깨지거나 훼손된 것들이 많았다. 모양을 제대
로 갖추지 못한 것들이 너무 많아 담당 아전과 활 만드는 장인,
감고[10] 등의 죄를 논하였다.

7_ 개이도(介伊島)·여도(呂島)·방답(防踏): '개이도'는 지금의 전라남도 여수시 화정면에 속한
섬이다. '여도'는 지금의 전라남도 고흥군 점암면 여호리에 속한 옛 지명으로 여도진(呂島鎭)
이 있었으며, '방답'은 지금의 전라남도 여수시 돌산읍 군내리에 속한 옛 지명으로 방답진(防
踏鎭)이 있었다.

8_ 아기살: 편전(片箭)을 가리킨다. 작고 가벼운 화살로 날아가는 속도가 빠르고 관통력이 좋
아 조선군의 주요 병기로 쓰였다.

9_ 환도(環刀): 조선 시대 군인들이 허리에 차고 다니던 칼이다. 차고 다니기 쉽도록 칼집에 고
리(環)가 달려 있어 이러한 이름이 붙었다고 한다.

10_ 감고(監考): 조선 시대 지방 관아에서 세금과 공물(貢物)을 거두어들이던 관리를 말한다.

1593년 6월 22일 맑음

전선을 처음으로 흙더미에 앉혔다. 목수는 214명이고, 자재를 나르는 일은 우리 수영(水營) 사람 72명, 방답 사람 35명, 사도 사람 25명, 녹도 사람 15명, 발포11 사람 12명, 여도 사람 15명, 순천 사람 10명, 낙안 사람 5명, 흥양 사람 10명, 보성 사람 10명이 하였다. 방답은 처음에 15명만 보냈기 때문에 군관과 담당 아전에게 벌을 주었다. 그렇지만 그들은 너무도 나를 기만하는 태도를 보였다.

1593년 6월 23일 맑음

이른 아침에 목수 등을 점고했는데, 실수를 범한 사람은 하나도 없었다. 새로 만드는 배의 바닥에 댈 널판이 모두 완성되었다.

조선의 대표적인 전선은 거북선이 아니라 판옥선(板屋船)이었다. 이순신이 점검했던 전선도 바로 판옥선이다. 판옥선은 16세기 중엽에 개발된 대형 전선인데, 갑판 위에 판자를 두르고 지붕을 얹은 2층 구조의 배였다. 바닥이 평평해 전복될 위험이 적고 좌우로 방향을 돌리기가 용이하여, 당시 동아시아 최고의 전투용 군함(軍艦)이었다고 평가된다.

이순신의 승리는 철저한 대비에서 비롯되었다고 해도 과언이 아니다. 1592년 2월에는 몸소 관할 지역을 순회하면서 무기와 전선에 이상이 없는지 점검했고, 1593년부터 정유재란이 일어나기 전까지 명나라와 일본이 강화(講和) 협상을 벌이며 실제 전투가 뜸하던 시기에도 이순신은 무기와 전선을 새로 만들며 다시 있을지 모를 전쟁을 대비했다.

11_ 발포(鉢浦): 지금의 전라남도 고흥군 도화면 내발리 일대이다.

거북선을 만들다

1592년 2월 8일 맑고 또 바람이 셈

동헌에 나가 공무를 보았다.

오늘 거북선의 돛으로 쓸 베 29필을 받았다.

한낮에 활을 쏘았다. 조이립과 변존서¹⁻가 승부를 겨루었는데 조이립이 졌다.

우후가 방답에서 돌아와 방답 첨사가 방비에 무진 애를 쓰고 있더라고 힘주어 말했다.

동헌 뜰에 석주화대²⁻를 세웠다.

1592년 3월 27일 맑고 바람이 없음

일찌감치 밥을 먹고 배에 올라 소포(召浦)로 갔다. 쇠사슬을 가로질러 매는 일을 감독하고 종일 나무 기둥 세우는 것을 보았다.

거북선에서 대포 쏘는 것을 시험해 보았다.

1592년 4월 11일 아침에 흐렸다가 오후에 갬

공무를 보고 나서 활을 쏘았다.

순찰사의 편지 및 별도로 적은 글을 군관 남한(南僩)이 가지고 왔다.

1_ 변존서(卞存緒): 이순신의 외사촌 동생이다. 이순신을 가까이에서 보좌했고, 이순신을 따라 전투에 참가하기도 했다.

2_ 석주화대(石柱火臺): 전라 좌수영의 진남관(鎭南館) 앞뜰에 있는 돌로 만든 화대를 가리킨다. 화대는 등잔이나 촛불 등을 걸어 두는 기구이다.

오늘 처음 베를 가지고 돛을 만들었다.

1592년 4월 12일 맑음

식사 후에 배를 타고 거북선의 지자포와 현자포3_를 쏘아 보았다. 순찰사 아래 있는 군관 남한이 살펴보고 갔다.

오후가 되어 동헌으로 나갔다. 활도 열 순 쏘았다.

관아로 올라가면서 말을 타고 내릴 때 딛는 돌을 보았다.

1594년 2월 15일 맑음

새벽에 거북선 두 척과 보성 배 한 척을 가목4_ 베는 곳으로 보냈더니, 저녁 여덟 시경 목재를 싣고 돌아왔다.

식사 후에 활터 정자로 올라가 좌조방장에게 늦게 온 죄를 추궁했다.

흥양 배에 부정한 일이 있었는지 캐물었는데 엉성하게 처리한 일이 많았다.

순천 우조방장, 우수사 우후, 발포 만호, 여도 만호, 강진 현감이 다 같이 와서 활을 쏘았다.

날이 저물 무렵 순찰사가 공문을 보내왔다. 조도어사5_ 박홍

3_ 지자포(地字砲)와 현자포(玄字砲): 조선 시대에 쓰였던 대포의 일종이다. 지자포는 지자총통(地字銃筒), 현자포는 현자총통(玄字銃筒)이라고도 하며, 지자포가 현자포보다 크다. 임진왜란 당시 조선 수군은 지자포와 현자포 등을 전선에 설치하고, 이를 이용해 대형 화살이나 쇠로 만든 탄환을 발사해서 왜적의 배를 공격했다. 조선의 대포는 파괴력이 강하고 사정거리가 길어 멀리서 쏘아도 왜적의 배를 격파시킬 수 있었으므로, 조선 수군이 승리하는 데 큰 역할을 했다.

4_ 가목(駕木): 배의 양쪽 가장자리를 가로질러 설치하는 나무를 가리킨다.

5_ 조도어사(調度御史): 임진왜란 당시 부족한 군량미를 모으기 위해 조정에서 전국 각지로 파견했던 관원이다.

로(朴弘老)가 순천, 광양, 두치[6]에 복병(伏兵)을 두어 수비하는 것이 좋겠다는 내용의 보고서를 임금께 올렸는데, 수군(水軍)과 각 고을 수령들이 함께 옮겨 가는 것은 적절치 않다는 신하들의 의견이 있어 공문이 내려왔다고 한다.

거북선은 이순신과 그 부하들이 판옥선을 개량해 새로이 만든 돌격용 전선이었다. 이순신은 임금님께 올린 보고서에서 거북선에 대해, 앞에는 용머리를 설치해 입으로 대포를 쏘게 하고 등에는 뾰족한 쇠를 꽂았으며 배 안에서는 밖을 엿볼 수 있지만 밖에서는 배 안을 들여다볼 수 없어 수백 척의 적선 가운데라도 뛰어들어 대포를 쏠 수 있는 배라고 설명하였다. 『난중일기』에는 거북선이 다섯 번 등장할 뿐이지만, 1592년에 있었던 사천·당포·한산도·부산포 해전 등에 투입되어 활약을 펼쳤다. 거북선은 전투가 시작되면 곧장 적의 진영으로 돌격해 대포를 쏘고, 왜적의 배에 가서 부딪혀 적선을 넘어뜨리는 역할을 했다고 한다.

6_ 두치(豆峙): 지금의 전라남도 광양시와 경상남도 하동군 사이를 흐르는 섬진강 유역을 가리킨다.

오늘도 활쏘기를 연습하고

1592년 1월 12일 궂은비가 그치지 않음

밥을 먹고 객사의 동헌으로 나갔다. 본영(本營)과 각 포구 진무¹⁻들의 활 솜씨를 시험해 보았다.

1592년 3월 28일 맑음

동헌에 나가 공무를 보았다.

활을 열 순 쏘았는데 다섯 순은 잇따라 과녁에 적중했고, 두 순은 네 번 맞고, 세 순은 세 번 맞았다.

1592년 4월 6일 맑음

진해루²⁻에 나가 공무를 본 뒤 군관들에게 활을 쏘게 하였다. 아우 여필을 전별하였다.

1593년 3월 15일 맑음

우수사³⁻ 휘하의 장수들과 활을 쏘아 서로의 덕(德)을 살폈다. 우리 수영의 장수들이 여러 번 이겨서 우수사가 떡과 술을 장만해 왔다.

1_ 진무(鎭撫): 조선 시대 군영(軍營)에서 군사와 관련된 실무를 담당하던 관직이다.
2_ 진해루(鎭海樓): 전라 좌수영에 있던 누각으로 정유재란 때 불에 타 없어졌다.
3_ 우수사(右水使): 당시 전라우도 수군절도사였던 이억기(李億祺, 1561~1597)를 가리킨다. 이억기는 이순신과 함께 여러 해전에 출전해 왜적을 물리치는 데 큰 공을 세웠다. 1597년 칠천량(漆川梁) 해전에서 전사했다.

1595년 3월 22일 동풍이 기세게 불고 아침에 흐리다 오후에 갬

조방장[4] 세 사람과 활을 쏘았다. 우수사도 이쪽으로 와서 같이 활을 쏘다가 날이 저물어서야 마치고 돌아갔다.

1595년 3월 23일 맑음

아침을 먹고 조방장 세 사람, 우후와 함께 걸어서 앞산에 올랐다. 조망해 보니 세 방향으로 막힌 곳이 없었는데, 북쪽으로 난 길이 보기에 탁 트여서 활터로 삼았다. 활터에 자리를 벌이고 앉아 종일토록 돌아가는 것도 잊었다.

1595년 4월 4일 맑음

아침에 경상 수사가 활을 쏘자고 해서 권 조방장, 박 조방장을 데리고 배에 올라 수사가 머무는 곳으로 갔다. 전라 우수사는 벌써 와 있었다. 모두 함께 활을 쏘고 하루 내내 이야기를 나누다 돌아왔다.

1596년 7월 2일 맑음

경상도 진영(陣營)으로 가서 순찰사와 이야기하며 시간을 보냈다. 새로 지은 정자에 올라 편을 나누어 활쏘기를 했는데, 경상도 순찰사 편이 162획(劃)이나 졌다. 하루 종일 퍽 기분이 좋았다.

4_ 조방장(助防將): 우두머리인 장수를 도와 적의 침입을 방어하는 장수를 뜻한다. 정식 관직은 아니며, 대부분 해당 지역의 수령이 이 직책을 맡았다.

1596년 7월 3일 맑음

순찰사와 도사⁵가 수영으로 와서 활을 쏘았는데, 순찰사 편이 또 졌다. 밤이 깊어서야 돌아갔다.

활쏘기는 전통적으로 사대부가 갖추어야 할 덕목의 하나로 인식되었고, 활쏘기를 통해 그 사람의 덕을 살필 수 있다고 여겨지기도 했다. 조선 시대 군사들은 매일같이 활을 쏘며 군사 훈련을 하고 체력도 단련했다. 때로는 편을 나누어 승부를 가르면서 활쏘기를 놀이로 즐기기도 했다. 그렇지만 무엇보다 조선 시대에 활쏘기가 중시되었던 까닭은 활이 조선군의 대표적인 무기였기 때문이다. 일본군의 조총(鳥銃)보다 사정거리가 길고 발사 속도가 빨랐던 활은 멀리 있는 배 위의 적을 쏘아 맞힐 수 있었으므로 바다 위 전투에서도 매우 유용한 무기였다.

5_ 도사(都事): 조선 시대 중앙과 지방 관청에서 사무를 담당하던 관리이다.

아침 이슬처럼 위태로운 조선의 앞날

1593년 7월 1일 맑음

나라에 제사가 있는 날[1]이라 공무를 보지 않았다.

밤기운이 서늘하여 자리에 누웠지만 잠을 이루지 못했다. 나라 걱정하는 마음을 조금이라도 소홀히 한 적 없건만 돛 아래 홀로 앉아 있으니 가슴속에 만 갈래 생각이 일었다.

저녁 여덟 시경에 선전관이 임금님의 유지를 가지고 왔다.[2]

1595년 5월 29일 비바람이 그치지 않고 종일 비가 쏟아짐

사직(社稷)과 위엄 있으신 임금님께 기대어 보잘것없는 공을 조금 세웠을 뿐인데, 임금님의 총애가 남들을 뛰어넘어 분수에 넘치는 영광을 입었다. 이 몸이 변방을 지키는 장수로 있으면서 먼지만큼도 공적을 보태지 못하니, 입으로는 교서[3]를 외고 있지만 얼굴은 군사들 앞에 부끄럽기만 하다.

1595년 7월 1일 잠깐 비가 내림

나라에 제사가 있는 날이라 공무를 보지 않았다.

홀로 수루[4] 위에 기대어 나라의 형편을 생각해 보니 위태롭

1_ 나라에 제사가 있는 날: 7월 1일은 조선의 12대 임금인 인종(仁宗)의 기일(忌日)이다.
2_ 선전관(宣傳官)이~왔다: '선전관'은 임금을 호위하거나 임금의 명령을 전달하는 일을 맡았던 무관이며, '유지'(有旨)는 임금의 명령이 쓰여 있는 문서를 가리킨다.
3_ 교서(敎書): 임금이 신하에게 내리는 문서를 말한다.
4_ 수루(戍樓): 적군의 동정을 살피기 위해 성 위에 지은 누각을 말한다.

기가 아침 이슬 같다. 안으로는 정책을 결정할 대들보가 없고 밖으로는 나라를 구원할 기둥이 없으니 종묘와 사직이 끝내 어찌 될는지. 심사가 어지러워 하루 종일 뒤척거렸다.

임진년, 첫 출전을 앞둔 이순신은 "신하된 자로서 마음과 힘을 다해 나라의 수치를 씻기를 원하지 않는 사람은 없을 것"이라고 했다. 이처럼 이순신은 언제나 나라를 가슴에 품고 걱정하던 조선의 신하였다. 그러나 왜란이 발발한 뒤 조선 땅은 순식간에 일본군에 점령되어 평양성까지 함락되었고, 임금은 평안도 의주로 피란을 떠났으며, 전쟁은 5년 이상 계속되었다. 나라를 구원할 동량(棟梁)이 없는 현실에 이순신은 울분과 안타까움을 느끼지 않을 수 없었을 터이다.

실정 모르는 조정 관원들

1593년 9월 3일 맑음

아침에 조카 봉(菶)이 들어왔다. 봉이를 통해 어머니께서 평안하심을 알았다. 또 본영의 일에 관해서도 들었다.

임금님께 보고서를 올릴 일이 있어 초안을 작성하였다.

순찰사에게서 공문이 왔는데, 군사들의 일가족에 관한 일 등에 대해서는 하나도 침범하지 말라고 하였다. 새로 부임하여 사정을 잘 모르고 하는 말이다.

1594년 2월 16일 맑음

암행어사 유몽인[1]의 보고서 초안을 보니 임실 현감 이몽상(李夢祥)과 무장 현감 이충길(李忠吉), 그리고 영암 군수 김성헌(金聲憲) 및 낙안 군수 신호(申浩)를 파면하라 청하고, 순천 부사는 탐관오리 중 첫째라고 거론하였다. 그런데 담양·진원·나주·창평 수령은 악행을 덮어 주고 상을 내려 달라고까지 하였다. 임금님의 귀를 속이는 일이 이 지경까지 이르렀구나. 나랏일이 이러하니 왜적이 평정될 리 만무하다. 천장만 올려다볼 따름이다. 또 수군의 일가족에 관한 일과 장정 넷 중 두 사람이 전쟁에 나가는 일에 대해 논하며 몹시 잘못된 처사라고 하였다. 나라에 갑

1_ 유몽인(柳夢寅): 1559~1623. 조선 중기의 문신으로 임진왜란 중에 피란 가는 선조(宣祖)를 평양까지 모셨다. 문안사(問安使)로서 명나라에 대한 외교를 담당했으며, 세자 광해군(光海君)을 보필하였다.

자기 닥친 어려움은 생각지 않고 한갓 눈앞의 미봉책 마련에만
힘을 쓰니, 나라를 위하는 마음만 더욱 아파 온다.

오후 늦게 활터 정자에 올라가 순천 부사, 흥양 현감, 우조방
장, 우수사 우후, 사도 첨사, 발포 만호, 여도 만호, 녹도 만호, 강
진 현감, 광양 현감 등과 활을 열두 순 쏘았다.

1596년 2월 28일 맑음

아침 일찍 침을 맞고 느지막이 동헌에 나갔는데, 장흥 부사
와 체찰사2_ 휘하의 군관이 도착했다. 장흥 부사는 종사관이 명
령을 전달하고 또 자기를 붙잡아 가기 위해 왔다고 하였다.3_ 전
라도 수군 가운데 전라우도 수군은 전라좌도와 우도를 왕래하면
서 제주도와 진도를 성원(聲援)하라는 명령이 있었다고 전했다.
가소롭다. 조정의 계책이 이러하다니. 체찰사가 내놓은 대책이 이
와 같으니 나라를 구제할 수 있겠는가. 나랏일이 이 모양인 것을
어찌한단 말인가. 저녁에 거제 현령을 불러 이 일에 대해 묻고 곧
돌려보냈다.

2_ 체찰사(體察使): 외적이 침입하거나 나라 안에 난리가 일어났을 때 지방에 파견하여 그 지
  역의 군사 업무를 관장하고 민정을 다스리던 임시 관직이다. 임명된 자의 품계에 따라 도체
  찰사(都體察使)와 체찰사 등으로 나뉘었다. 당시 조선의 북쪽을 관장한 도체찰사는 류성룡
  (柳成龍), 남쪽을 관장한 도체찰사는 이원익(李元翼, 1547~1634)이었다.
3_ 장흥 부사는~하였다: '종사관'(從事官)은 조선 시대 각 군영의 우두머리 장수를 보좌하던
  관원이다. 당시 장흥 부사는 배흥립(裵興立, 1546~1608)이었는데, 가렴주구를 일삼는다는
  죄목으로 이 무렵 파직 처분을 받았다. 그래서 종사관이 장흥 부사를 체포해 가기 위해 왔
  던 것으로 보인다.

1596년 3월 26일 맑음

경상 수사가 와서 이야기를 나눴다. 체찰사의 명령을 전하는 군사가 와서 지난번에 전라우도 수군을 돌려보내라고 한 일은 회계[4] 내용을 잘못 보았기 때문이라는 말을 전했다. 우습다.

임진왜란 당시 남해에 있던 이순신과 서울의 조정이 서로 긴밀하게 연락을 주고받으며 언제나 뜻을 합쳐 왜적에 맞서기란 쉽지 않았을 것이다. 특히 군사를 보충하는 문제를 두고 이순신과 조정은 생각을 달리했다. 임진왜란 내내 조선 수군은 군사가 부족했고, 군사가 사망하거나 도망쳤을 경우 그 군사의 가족이나 이웃을 뽑아 빈자리를 채웠다. 그렇지만 조정에서는 민심을 안정시키기 위해 가족이나 이웃을 대신 징발하지 말라는 명령을 수군에 내렸다. 전쟁의 한가운데서 병력을 유지하는 일이 급선무였던 이순신은 이러한 명령을 거두어 달라고 몇 번이나 조정에 요청했다.

4_ 회계(回啓): 임금의 물음에 신하들이 대답하는 일을 말한다.

나를 알고 적을 알아야

1593년 6월 26일 장대비가 내리고 남풍이 거세게 붊

아침에 복병선(伏兵船)이 와서 변고가 일어났다고 보고했다.

"왜적의 중간 배 한 척과 작은 배 한 척이 오양역[1] 앞에 이르렀습니다."

뿔나팔을 불게 하고 닻을 올려 적도[2]로 가서 진을 치라고 명했다. 순천의 군량미 백오십 석 아홉 말을 받아 의능[3]의 배에 실었다. 저녁에 김붕만(金鵬萬)이 진양[4]에서 왜적의 정세를 염탐하고 와 이렇게 아뢰었다.

"진양의 동쪽 문밖에 왜적들이 모여 진을 치고 있는데, 그 수를 셀 수 없습니다. 며칠 동안 장대비가 쏟아져 물에 가로막힌 꼴이 되었으므로 왜적은 독기를 품고 싸우려 하겠지만 조만간 큰물이 그들 진영을 침몰시킬 것 같습니다. 왜적이 밖으로부터 군량이나 지원병을 공급받던 길도 다 사라졌으니 만일 대규모 군대가 힘을 합쳐 공격한다면 한번에 섬멸할 수 있을 겁니다."

그렇다. 왜적은 이미 군량이 끊겼고 우리 군대는 느긋한 마음으로 고단한 적을 기다리고 있는 셈이라, 이러한 기세라면 마땅히 백번이라도 이길 수 있을 것이다. 하늘도 하늘을 따르는 우

1_ 오양역(烏壤驛): 지금의 경상남도 거제시 사등면 오량리에 있던 역원이다.
2_ 적도(赤島): 지금의 경상남도 거제시 둔덕면 술역리 '화도'(花島)로 추정된다.
3_ 의능(義能): 임진왜란이 일어나자 의승병(義僧兵)을 모아 이순신 휘하에서 활약한 승장(僧將)이다.
4_ 진양(晉陽): 지금의 경상남도 진주시에 속한 옛 지명이다.

리를 도와주신 터이니 물길 위의 적이 아무리 오륙백 척 힙해 온다 해도 우리 군대를 당해 낼 수는 없으리라.

1594년 2월 13일 맑고 따뜻함

아침에 영의정에게 답장을 보냈다.

식사를 한 다음 선전관과 다시 이야기를 나누고 헤어졌다.

종일 배에 머물렀다. 서너 시경 소비포 권관,[5] 사량 만호, 영등포 만호가 왔다.[6]

오후 여섯 시쯤 배를 띄워 한산도[7]로 돌아가는데, 바로 그때 경상도 군관 제(諸) 아무개가 삼봉(三峯)에서 와 이렇게 말했다.

"왜적의 배 여덟 척이 춘원포[8]에 들어와 정박하고 있으니 공격할 만합니다."

곧바로 나대용(羅大用)을 수사 원균[9]에게 보내 작은 이득을 보고 공격한다면 큰 이익을 이루지 못할 것이니 일단 머물고 있다가 기회를 타서 무찔러 전멸시키자는 말을 전하게 하였다.

미조항[10] 첨사와 순천 조방장이 왔다가 밤이 깊어 돌아갔다.

5_ 소비포(所非浦) 권관(權管): '소비포'는 지금의 경상남도 고성군 하일면에 속한 옛 지명이며, '권관'은 변경 지역의 진영(鎭營)에 두었던 하급 무관을 말한다.

6_ 사량(蛇梁)·영등포(永登浦): '사량'은 지금의 경상남도 통영시 사량면 일대이며, '영등포'는 지금의 경상남도 거제시 장목면에 속한 옛 지명으로 영등진(永登鎭)이 있던 곳이다.

7_ 한산도(閑山島): 지금의 경상남도 통영시 한산면에 속한 섬이다. 이순신은 한산도에도 진영을 설치하고 전라 좌수영과 한산도 진영을 왕래했다.

8_ 춘원포(春院浦): '春元浦', 또는 '春原浦'로도 쓴다. 지금의 경상남도 통영시 광도면 안정리와 황리 사이의 바다를 가리킨다.

9_ 원균(元均): 1540~1597. 조선 중기의 무신으로 임진왜란 때 경상우도 수사, 충청도 병사, 삼도수군통제사 등을 지냈다.

10_ 미조항(彌助項): 지금의 경상남도 남해군 미조면 일대이다.

1594년 9월 3일 비가 옴

새벽에 임금님께서 비밀리에 내리신 분부가 도착했다. 수군과 육군 장수들이 팔짱을 끼고 서로 쳐다보기만 할 뿐, 한 가지계획이라도 세워서 나아가 적을 토벌하지 않는다는 말씀이셨다. 3년 동안 바나 위에 있으며 이런 일이 있을 리 만무하다. 여러 장수와 죽음을 각오하고 복수하자는 뜻을 맹세하고서 하루 또 하루를 보내고 있지만, 다만 왜적이 험한 곳에 소굴을 지어 그 땅을 차지하고 있는 까닭에 가벼이 진군(進軍)할 수 없을 따름이다. 더욱이 나를 알고 적을 알아야 백 번 싸워도 위태롭지 않다고 하지 않았던가!

초저녁, 촛불을 밝히고 홀로 앉아 생각해 보니 나랏일이 앞으로 넘어지고 뒤로 자빠지듯 곤경에 처해 있는데, 나라 안에는구제할 방법이 없을 듯싶었다. 어쩌면 좋단 말인가. 어쩌면 좋단말인가. 마침 흥양 현감이 내가 혼자 앉아 있는 걸 알고 찾아와자정 즈음까지 이야기를 나눴다.

이순신은 언제나 철저하게 준비하는 장수였으며, 조선 수군의 피해를 최소화하기 위해 신중하게 움직이는 지휘관이었다. 류성룡의 『징비록』(懲毖錄)에 따르면, 이순신이 한산도에 있을 때 작전을 세우는 집이라는 뜻을 지닌 '운주당'(運籌堂)을 짓고 밤낮으로 머물면서 여러 장수와 군사적인 일을 의논했다고 한다. 또한 하급 병졸이라도 군대에 관한 일이라면 직접 이순신에게 가서 이야기할 수 있었으며, 전투에 나갈 때는 부하 장수들과 더불어 전략을 정한 뒤에 출전했기 때문에 패하는 법이 없었다고 류성룡은 술회했다.

영의정 류성룡

1592년 3월 5일 맑음

동헌에 나가 공무를 보았다.

군관 등이 활을 쏘았다.

저녁에 서울 갔던 진무가 돌아왔다. 그 편에 좌의정 류성룡이 편지와 함께 『증손전수방략』(增損戰守方略)이라는 책을 보내왔다. 책을 보니 바다 전투와 육지 전투 및 불을 이용해 적을 공격하는 방법 등이 하나하나 논의되어 있는데, 진실로 이 세상에 비길 데 없이 신통한 이론이었다.

1594년 6월 15일 맑다가 오후에 비 뿌림

신경황(申景潢)이 영의정 류성룡의 편지를 가지고 왔다. 영의정보다 나라를 더 걱정하는 사람은 없을 성싶다.

지사[1]_ 윤우신(尹又新)이 세상을 떠났다 하니 애도의 마음 다할 길 없다.

1594년 7월 12일 맑음

공무를 보고 나서 활을 쏘았다.

영의정 류성룡이 사망했다는 소식이 순변사[2]_에게까지 이르

1_ 지사(知事): 조선 시대 의금부(義禁府), 중추부(中樞府), 성균관(成均館) 등에 두었던 정2품 관직을 가리킨다.

렀다고 한다. 이는 필시 영의정을 시샘하는 자들이 말을 지어내 해코지하는 것일 게다.

1595년 9월 17일 맑음

식사를 마치고 서울에 편지를 써서 보냈다. 김희번(金希番)이 조정에 올릴 보고서를 가지고 출발하였다.

영의정에게 유자 서른 개를 보냈다.

1596년 1월 12일 맑았지만 서풍이 세게 불어 꽁꽁 언 듯 추위가 곱절이나 엄함

새벽 두 시쯤 꿈을 꾸었다. 어딘가에 이르러 영의정과 이야기를 나누었다. 이윽고 둘 다 겉옷도 벗어 두고 앉았다 누웠다 하며 나라 위해 애태우는 마음을 터놓고 끝내는 가슴이 무너졌던 일까지 토로하였다. 얼마 후 비와 바람이 사납게 몰아쳤지만 역시 우리 두 사람은 비바람에 휘말려 흩어지지 않았다. 조용히 이야기를 주고받던 중, 만일 서쪽의 적이 위급한 상황이고 남쪽에서도 적이 일어난다면 임금께서 어디로 가시겠는가라고 되뇌며 걱정하다가 할 말을 잊었다.

전에 영의정이 천식을 심하게 앓는다는 말을 들었는데, 병이 나아 평안해졌는지 알지 못하여 척자점(擲字占)을 쳤다. 그러자 '바람이 물결을 일으키는 것 같다'는 괘가 나왔다. 또 오늘 어떤

2_ 순변사(巡邊使): 조선 시대 변경 지역의 군사 업무 등을 순찰하기 위해 임금의 명을 받고 파견되던 특사이다. 당시 전라도 순변사는 이일(李鎰), 경상도 순변사는 이빈(李薲, 1537~1603)이었다.

길흉이 조짐을 들을지 점을 쳐 보니 '가난한 사람이 보물을 얻는 것 같다'는 괘가 나왔다. 참말로 길하고 길한 괘였다.

어제 저녁에 사내종 금이를 본영에 보냈는데, 바람이 몹시 사나워 걱정이 되었다.

느지막하게 동헌에 나가 공문들을 처리해 보냈다.

낙안 군수가 들어왔다.

웅천 현감이 왜적의 배 14척이 거제 금이포(金伊浦)에 정박해 있다고 보고해 왔다. 그래서 경상 수사에게 충청도·전라도·경상도 장수들을 이끌고 가서 살펴보라 하였다.

류성룡(柳成龍, 1542~1607)은 1593년부터 6년간 나라가 가장 어려웠던 시기에 영의정을 맡아 조선 조정을 이끌었던 인물이다. 류성룡과 이순신은 어린 시절을 서울의 건천동(乾川洞, 지금의 서울시 중구 인현동 일대)에서 보냈다. 이때부터 이들은 서로에 대해 잘 알고 지냈던 듯하며, 이후 정치적으로도 운명을 같이하는 사이가 되었다. 1591년, 평소 이순신의 자질을 눈여겨보았던 류성룡이 이순신을 전라 좌수사로 추천하였고, 이 두 사람은 임진왜란과 정유재란이라는 국난을 함께 헤쳐 나갔다.

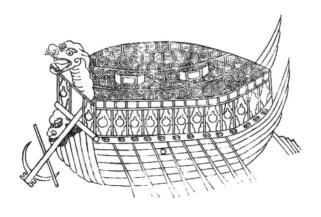

위, 거북선_「이충무공 전서」권수(卷首) 「도설」(圖說) 수록

아래, 판옥선_「각선도본」(各船圖本, 규장각 소장) 수록

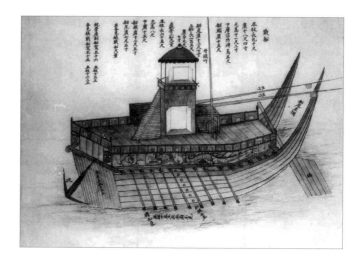

왜적의 배를 침몰시켜라

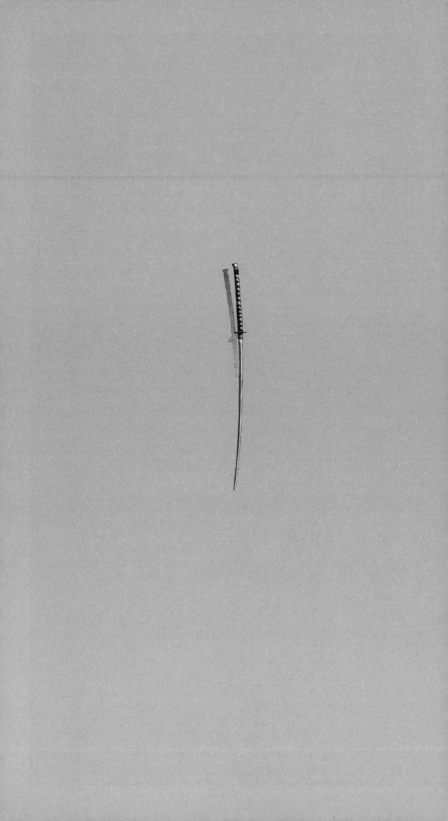

임진년, 전쟁이 시작되다

1592년 4월 15일 맑음

나라에 제사가 있는 날[1]이라 동헌에 나가지 않았다.

순찰사에게 보낼 답장과 별도로 적은 글을 다듬어 역졸더러 빨리 전하게 하였다.

해 저물 무렵 영남 우수사(원균)에게서 기별이 왔다. 왜적의 배 90여 척이 와서 부산 앞바다에 있는 절영도[2]에 정박해 있다고 하였다. 또 같은 시각 수사가 보낸 공문이 도착했는데, 왜적의 배 350여 척이 벌써 부산포 건너편에 이르렀다는 것이었다. 그래서 즉각 보고를 올리고 순찰사, 병사, 우수사에게도 공문을 보냈다. 영남 관찰사[3]가 보낸 공문도 도착했는데, 역시 같은 내용이었다.

1592년 4월 16일

밤 열 시쯤 영남 우수사에게서 공문이 왔는데, 부산진은 성이 이미 함락되었다고 하였다. 분하고 원통한 마음을 억누를 수가 없다. 즉각 조정에 보고를 올리고 충청도·전라도·경상도에 공문을 보냈다.

1_ 나라에 제사가 있는 날: 4월 15일은 조선의 9대 임금 성종(成宗)의 비(妃)인 공혜 왕후(恭惠王后)의 기일이다.

2_ 절영도(絶影島): 지금의 부산광역시 영도구를 이루는 섬이다.

3_ 관찰사(觀察使): 조선 시대 각 도의 행정을 총괄하던 최고 책임자를 말한다.

1592년 4월 17일 궂은비가 내리다 늦게 갬

영남 우병사가 공문을 보냈는데, 왜적이 부산에서 성을 함락시켜 점거하고는 물러가지 않는다고 했다.

오후 늦게 활을 다섯 순 쏘았다.

사태가 급박한 까닭에, 계속 번을 서는 수군과 새로 번을 설 수군들이 속속 요새에 도착했다.

1592년 4월 18일 아침에 흐림

이른 아침 동헌에 나가 공무를 보았다.

순찰사가 보낸 공문이 왔는데, 발포 권관이 이미 파직되었으니 임시로 권관의 일을 대신할 장수를 골라 보내라고 하였다. 이에 나대용으로 정하여 곧바로 보냈다.

오후 두 시쯤 영남 우수사의 공문이 도착했다. 동래 역시 무너졌으며, 양산과 울산 수령은 조방장이 되어 성으로 들어갔지만 전부 왜적에게 졌다고 하였다. 분하고 억울한 심정을 말로는 다할 수가 없다. 병사와 수사가 군대를 이끌고 동래성 뒤편까지 갔다가 갑자기 군사를 돌렸다고 하니 더욱 가슴이 쓰리고 아프다.

저녁에 순천에서 군사를 통솔하는 병방(兵房)이 석보창4_에 머물면서 군사들을 데리고 오지 않았으므로 잡아 가두었다.

1592년 4월 20일 맑음

동헌에 나가 공무를 보았다.

4_ 석보창(石堡倉): 돌로 쌓은 보루. 여기서는 지금의 전라남도 여수시 여천동에 있던 석보창을 가리킨다.

엉남 관찰사에서서 공문이 왔나. 대규보 왜석의 기세가 너무도 사나워 그 선봉을 대적할 장수가 없는 까닭에 왜적이 승승장구하며 몰아치는데, 마치 무인지경에 들어와 있는 자들 같다고 하였다. 전선을 수리해 지원하러 와 달라는 부탁도 하였다.

1592년 4월 14일, 고니시 유키나가(小西行長, 1558?~1600)의 군대가 부산을 공격하면서 임진왜란이 시작되었다. 다음 날 왜적은 동래성으로 들이닥쳤고, 동래 부사 송상현(宋象賢, 1551~1592)의 지휘 아래 군사와 백성들이 힘을 합쳐 저항했으나 성은 곧 함락되고 말았다. 왜적의 기세에 겁을 먹어 싸우지 않고 달아난 지방 수령이나 장수들도 많았다고 한다. 사납게 진격한 왜적은 5월 초 서울을 점령하기에 이른다.

첫 출전의 날

1592년 5월 1일

수군 전체가 앞바다에 모였다.

오늘 흐렸지만 비는 오지 않았고 남풍이 거세게 불었다.

진해루에 앉아 방답 첨사, 흥양 현감, 녹도 만호를 불렀더니 모두 격분하여 제 한 몸을 생각지 않았다. 의로운 무사(武士)들이라 할 만하다.

1592년 5월 2일 맑음

군관 송한련(宋漢連)이 남해에서 돌아와 보고하였다.

"남해 현령과 미조항 첨사, 상주포·곡포·평산포 만호 등이 왜적의 소식을 듣자마자 돌연 달아나 버렸습니다. 무기 등의 물건도 모두 흩어 버리게 해서 남은 것이 없습니다."

기가 막힐 뿐이었다.

정오에 배를 타고 바다로 내려가 진을 친 뒤 여러 장수와 약속을 하였다. 모두 기꺼이 나아가 싸우겠다는 의지를 보였으나 낙안 군수는 피하려는 뜻이 있는 듯하여 통탄스러웠다. 그러나 본디 군법이 있으니 물러나 도망치려 한들 그리할 수 있겠는가.

저녁에 방답의 첩입선(疊入船) 세 척이 돌아와 앞바다에 정박하였다.

군대의 암호는 '용호'(龍虎)라 하고, 복병의 암호는 '산수'(山水)라 했다.

1592년 5월 4일 맑음

동틀 무렵 배를 띄워 곧장 미조항 앞바다로 갔다. 장수들과 다시금 약속을 하고 우척후[1]_, 우부장(右部將), 중부장(中部將), 후부장(後部將) 등에게는 오른쪽으로 개이도에 진입해 적을 수색해서 공격하라고 하였다. 그 나머지 대장들이 탄 배는 평산포, 곡포, 상주포를 모두 거쳐서 미조항에 주둔하게 했다.

1592년 4월 20일, 이순신은 경상도 바다를 지원해 달라는 요청을 받는다. 조정이 출전을 허락하자, 이순신은 휘하의 장수들을 모아 회의를 열어 전의(戰意)를 다졌다. 경상도 바다는 낯선 곳이었지만 장수들의 의기(義氣)에 힘입어 이순신 군대는 5월 4일 전라좌수영을 떠났고, 5월 7일 지금의 경상남도 거제시 옥포동 앞바다인 옥포(玉浦)에서 왜적과 첫 전투를 치러 적선 26척을 물리쳤다.

1_ 우척후(右斥候): '척후'는 적의 정황이나 지형 등을 정찰하는 장수를 가리키는 말이다.

사천 전투

1592년 5월 29일 맑음

우수사는 오시 않았나. 혼자서 장수들을 이끌고 새벽에 출발해 곧장 노량에 닿았다. 경상 우수사(원균)도 약속 장소로 왔다. 왜적이 배를 댄 곳이 어디인지 묻자 적의 무리는 지금 사천 선창에 있다고 하였다. 즉시 가리키는 곳으로 갔더니 왜적은 벌써 배에서 내려 육지로 올라와 산봉우리에 진을 쳤으며, 배는 봉우리 아래에 줄지어 정박해 있었다. 왜적들은 재빠르고 견고하게 우리를 막아 싸웠다. 나는 장수들을 지휘하여 일시에 달려 나가 돌격하라고 명령했다. 화살을 빗발처럼 퍼붓고 여러 화포(火砲)를 폭풍 치듯 우레 치듯 어지러이 쏘아 댔다. 왜적은 두려워하며 퇴각했는데, 화살에 맞은 자가 몇 백 명인지 알 수 없었다. 왜적의 머리도 많이 베었다.

군관 나대용이 총에 맞았고, 나 또한 왼쪽 어깨에 총을 맞아 총알이 등을 뚫고 들어갔지만 중상에 이르지는 않았다. 활 쏘는 병사와 노 젓는 선원 중에도 총탄을 맞은 자가 많았다. 왜적의 배 13척을 불태우고 물러났다.

사천은 지금의 경상남도 사천시 용현면 일대에 접한 바다를, 노량(露梁)은 지금의 경상남도 하동군과 남해군 사이의 바다를 가리킨다. 왜적이 벌써 사천에 이르렀다는 소식을 들은 이순신은 5월 29일 사천 앞바다로 출격하였다. 이날 거북선이 처음으로 실전에 투입되어 돌격전을 펼쳤고, 모두의 선전 끝에 왜적의 배 13척을 침몰시켰다. 한편 이순신은 사천 전투에서 총상을 입고 만다. 후에 누군가에게 보낸 편지에서 "어깨뼈가 깊이 상한 데다 갑옷을 입고 있다 보니 상처가 헐어 진물이 계속 흐른다"고 했는데, 이때 생긴 상처 때문에 오랜 기간 고통을 겪은 듯하다.

당포 해전

1592년 6월 2일 맑음

아침에 출발하여 곧장 당포 앞 선창으로 향했다. 당포에는 왜적의 배가 20척 남짓 나란히 정박해 있었다. 왜적의 배를 둘러싸고 싸우는데, 크기는 우리나라의 판옥선만 하고 배 위에 높이가 두 길쯤 되는 누각을 꾸며 놓은 큰 배가 한 척 있었다. 누각 위에는 왜적 장수가 우뚝하게 앉아 미동도 없었다. 아기살과 승자총통[1]_ 큰 것, 중간 것으로 비를 퍼붓듯 어지러이 쏘아 댔더니 왜적 장수가 화살에 맞아 추락하였다. 그러자 왜적들은 하나같이 놀라 흩어졌고, 조선 장수와 군사들은 일제히 모여 활을 쏘았다. 화살에 맞아 거꾸러지는 왜적의 수를 셀 수 없었으니 적군은 모두 섬멸되어 살아남은 자가 없었다.

얼마 후 왜적의 큰 배 20여 척이 부산에서 줄지어 들어오다가 멀리서 우리 군대를 보고는 개도[2]_로 도망쳐 갔다.

1592년 6월 5일

아침에 배를 띄워 고성 당항포[3]_에 닿았더니 커다란 왜선이 한 척 있었다. 크기는 판옥선만 했는데 배 위에 높다란 누각이

1_ 승자총통(勝字銃筒): 화약 심지에 직접 불을 붙여 쇠로 만든 탄환을 발사하는 휴대용 소형 화포이다. 선조 때 김지(金墀)가 개발했다.
2_ 개도(介島): 지금의 경상남도 통영시 산양읍 추도(楸島)로 추정된다.
3_ 당항포(唐項浦): 지금의 경상남도 고성군 회화면 당항리 일대를 가리킨다.

있었고, 그 위에는 왜적 장수기 앉아 있었다. 중간 크기의 배 12
척과 작은 배 20척으로 일시에 쳐부수었다. 화살에 맞아 죽은 자
가 부지기수였고 왜적 장수의 목도 일곱 개 베었다. 살아남은 왜
적들은 뭍으로 올라가 도망쳤지만 그 수가 매우 적었다. 우리 군
대의 위세를 크게 떨쳤다.

당포(唐浦)는 지금의 경상남도 통영시 산양읍 삼덕리 앞바다로 알려져 있다. 순천 부사
권준(權俊)이 활을 쏘아 왜적 장수를 쓰러뜨리고 왜적들이 당황하여 허둥지둥하는 사
이, 조선 수군은 기세를 몰아 또 한 번 승리를 거두었다. 조선 수군의 승승장구는 계속
되어 1592년 7월에는 한산도에서, 또 9월에는 부산포에서 왜적을 크게 물리쳤다.

적을 유인하라

1593년 2월 10일 아침에 흐리다 오후 늦게 갬

아침 여섯 시쯤 나서서 웅천의 웅포[1]로 곧장 갔다. 웅포에는 왜적의 배가 줄지어 정박해 있었다. 왜적을 또다시 유인해 보았는데, 전부터 우리 군대에 겁을 먹고 있는 터라 나올 듯하다가 이내 돌아가 버렸다. 끝내 왜적을 사로잡아 섬멸하지 못했으니 원통하고 분할 따름이다.

밤 열 시쯤 영등포 뒤의 소진포[2]로 돌아와 배를 대고 밤을 보냈다.

1593년 2월 12일 아침에 흐리다 오후 늦게 갬

전라좌우도와 경상우도 수군들이 새벽에 일제히 출발해 웅포에 이르렀다. 왜적의 무리는 어제와 같았다. 나아가기도 하고 물러나기도 하며 유인했지만 왜적은 끝내 바다로 나오지 않았다. 두 번을 추격하고도 두 번 다 사로잡아 없애 버리지 못했으니 통탄스럽고 화가 난다.

저녁 여덟 시쯤 칠천도[3]에 도착했는데, 비가 거세지더니 밤새도록 그치지 않았다.

1_ 웅포(熊浦): 지금의 경상남도 창원시 진해구 웅천동에 속한 포구이다.

2_ 소진포(蘇秦浦): 지금의 경상남도 거제시 장목면 송진포 일대를 가리킨다.

3_ 칠천도(漆川島): 지금의 경상남도 거제시 하청면에 속한 섬으로 '칠내도'라고도 부른다. 칠천도 일대의 해협을 '칠천량'이라고 한다.

1593년 2월 18일 맑음

아침 일찍 군사들을 이끌고 나가 웅천에 도착해 보니 왜적의 형세는 지난번과 같았다. 사도 첨사를 복병장(伏兵將)으로 정하고 여도 만호, 녹도의 임시 만호, 좌우 별도장(左右別都將), 좌우 돌격장(左右突擊將) 및 광양 2호선, 흥양의 대장,4_ 방답 2호선을 거느리고 송도5_에 매복하였다. 다른 여러 배는 왜적을 유인하게 하였는데, 왜적의 배가 열 척쯤 우리 뒤를 쫓아 나왔다. 경상도 복병선 다섯 척이 재빠르게 앞서가 그들을 추격하는 사이, 다른 복병선들이 돌진하여 왜적의 배를 둘러싸고 화살을 셀 수 없이 쏘았다. 왜적 중에 죽은 자가 몇인지 헤아릴 수 없었고, 적들은 기세가 푹 꺾여 다시는 나와서 맞서지 못했다.

날이 저물어 사화랑6_으로 돌아왔다.

1593년 2월 22일

새벽에 구름이 끼고 어두웠다. 동풍도 세게 불었지만 적을 토벌하는 일이 급하므로 배를 띄웠다. 사화랑에 이르러 바람이 잦아들기를 기다리다가 바람이 잠잠해지는 듯하자 갈 길을 재촉해 웅천에 도착했다. 승장 두 사람과 성응지7_를 제포8_로 보내 배에서 내려 육지로 오르는 척하게 하고, 전라우도의 여러 장수

4_ 대장(代將): 다른 사람을 대신하여 출전한 장수를 말한다.
5_ 송도(松島): 지금의 경상남도 창원시 진해구 연도동에 속한 섬이다.
6_ 사화랑(沙火郎): 지금의 경상남도 창원시 진해구 사화랑산 부근으로 추정된다.
7_ 승장 두 사람과 성응지(成應社): 모두 임진왜란 때 이순신 휘하에서 활약한 의병장이다. 승장 두 사람의 이름은 삼혜(三惠)와 의능이다.
8_ 제포(薺浦): 지금의 경상남도 창원시 진해구 제덕동에 속한 포구이다.

가운데 성실하지 못한 자들을 골라 동쪽으로 보내 마찬가지로 뭍에 오르려는 모양새를 취하게 했다. 왜적들이 허둥대며 달아나는 사이에 전선들이 힘을 합쳐 즉각 공격을 퍼부었고, 왜적은 세력이 분산되어 약해졌다. 전부 섬멸할 수 있을 것 같았는데, 발포 배 두 적과 가리포 배 두 적이 명령을 내리지 않았는데도 돌진하다가 바닷물이 얕고 좁은 곳에 부딪쳐 배가 걸리고 말았다. 왜적이 그 배에 올라타도록 만들어 버렸으니 분통함에 쓸개가 찢어지는 듯하였다.

얼마 후 진도의 큰 전함(戰艦)이 적에게 포위되어 구출할 수 없을 듯했는데, 우후가 곧바로 들어가 구해 냈다. 경상 좌위장(慶尙左衛將)과 우부장은 보고도 못 본 체하며 끝끝내 배를 돌려 도와주지 않았으니 그들의 형편없음은 말할 거리도 못 된다. 원통하고 분하다. 오늘의 분함을 어떻게 말로 다할 수 있겠는가. 다 경상 수사(원균)가 이렇게 만든 것이다.

돛을 펼치고 소진포로 돌아와 묵었다.

아산에 있는 조카 뇌(蕾)와 분(芬)의 편지가 웅천 싸움터로 왔다. 어머니의 편지도 왔다.

조선 수군이 일본 수군을 연이어 격파하자 도요토미 히데요시(豊臣秀吉)는 1592년 8월, 일본군에 해전(海戰)을 하지 말라는 명령을 내렸다. 이에 일본 수군은 바다 위에서 조선 수군을 만나 싸우는 것을 점점 회피했다. 1593년 초에 조선 조정은, 육지에서 후퇴하여 배를 타고 제 나라로 돌아가려는 일본군을 해전을 통해 무찌르자는 계획을 세웠다. 이순신은 조정의 명을 받고 왜적을 여러 차례 유인하였다. 그러나 그들은 좀처럼 조선 수군과 전투를 벌이려 하지 않았고, 이 작전은 별다른 성과를 거두지 못한 듯하다.

수군의 기세에 왜적이 달아나고

1593년 6월 28일 비가 오락가락함

명종(明宗) 임금의 제사가 있는 날이라 동헌에 나가지 않았다.

강진의 정찰선이 왜적들과 싸운다는 소식을 듣고 진영 전체가 출발하였다. 견내량[1]에 이르자 왜적의 무리는 멀리서 우리 군대를 보고 깜짝 놀라 겁에 질려 후퇴하였다. 바람과 물결이 모두 반대로 일어 다시 들어올 수 없었으므로 그대로 머물며 밤을 보내고 새벽 두 시쯤 불을도(弗乙島)에 도착했다.

노비 봉손이와 애수 등이 와서 조상님 무덤을 모신 선산 소식을 자세히 들었다. 다행이다.

1593년 7월 3일 맑음

왜적의 배 여러 척이 견내량을 넘어와 그중 일부는 육지까지 나왔다. 그래서 우리 배가 바다로 나아가 뒤쫓으며 공격했지만 달아나 버렸다.

1593년 7월 5일

왜적의 동정을 살피는 군사가 왜선 여남은 척이 견내량을 넘어왔다고 보고했다. 모든 배를 일시에 출발시켜 견내량에 도착하니 왜적이 탄 배들은 허둥지둥 달아났다.

1_ 견내량(見乃梁): 지금의 경상남도 거제시 사등면 덕호리 일대의 해협을 가리킨다.

거제 땅인 적도에 사람은 없고 말만 있어서 말을 싣고 왔다.

저녁에 광양에서 진주성이 무너졌다는 보고가 왔다.

걸망포2_로 돌아가 진을 친 채로 밤을 보냈다.

1594년 3월 3일 맑음

아침에 임금님께 전문3_을 지어 올리고 활터 정자에 앉아 있었다. 경상 우후 이의득(李義得)이 와서 이야기하기를, 수군들이 적을 많이 붙잡아 오지 못했다는 이유로 수사(원균)에게 매를 맞았다는 것이다. 게다가 수사가 군사들의 발바닥까지 때리려 했다하니 놀라움을 금할 수 없었다.

순천의 좌조방장과 우조방장, 방답 첨사, 가리포 첨사, 좌수사 우후, 우수사 우후 등과 활을 쏘았다.

오후 다섯 시쯤 벽방4_에서 적의 동정을 살피는 망장(望將)으로부터 긴급 보고가 왔다. 왜적의 배 여섯 척이 오리량(五里梁)과 당항포 등지로 들어와 나뉘어 정박하고 있다는 것이었다. 그래서 즉시 명령을 내려 배들을 집합시키고, 흉도5_ 앞바다에 많은 군사들이 진을 치도록 명령했다. 우조방장 어영담6_에게는 정예선 30척을 이끌고 적을 공격해 무찌르라 하였다.

2_ 걸망포(乞望浦): 지금의 경상남도 통영시 산양읍 신전리에 속한 포구이다.

3_ 전문(箋文): 나라에 기쁜 일이나 흉한 일이 있을 때 신하가 임금이나 왕후, 태자 등에게 올리던 글을 말한다.

4_ 벽방(碧方): 지금의 경상남도 통영시 광도면 벽방산 일대로 보인다.

5_ 흉도(胷島): 지금의 경상남도 거제시 사등면 오량리에 속한 섬이다.

6_ 어영담(魚泳潭): 1532~1594. 조선 중기의 무신이다. 임진왜란 때 광양 현감을 지냈으며, 이순신의 우조방장으로서 많은 해전에서 활약했다.

초지녁에 배를 띄워 지도[7]에 도착했다.

1594년 3월 4일 맑음

새벽 두 시쯤 출발했다. 진해 앞바다에 이르러 왜적의 배 여섯 척을 추격해 사로잡아 불태웠다. 저도[8]에서도 왜선 두 척에 불을 놓았다.

소소강[9]에 왜선 14척이 들어와 배를 대고 있다 하여, 조방장과 수사 원균에게 나아가 적을 치라고 명령을 내렸다.

고성 땅인 아자음포(阿自音浦)에서 진을 치고 밤을 보냈다.

1594년 3월 5일 맑음

겸사복[10]을 당항포로 보내 왜적의 배를 공격해 불태웠는지 알아보게 하였다. 그러자 우조방장 어영담이 긴급 보고를 올렸는데, 적의 무리는 우리 군대의 위세를 두려워해 밤을 타 도망쳤고 빈 배 17척은 남김없이 태워 없앴다고 하였다. 경상 수사가 보낸 긴급 보고 또한 같은 내용이었다.

오늘 아침 순변사가 계신 곳에서도 왜적 토벌하는 일을 단속하는 공문이 왔다.

수사 원균이 내 배로 오자 다른 장수들이 돌아갔다.

저녁에 광양에서 새로 만든 배가 들어왔다.

7_ 지도(紙島): 지금의 경상남도 통영시 용남면 지도리에 속한 섬이다.
8_ 저도(楮島): 지금의 경상남도 창원시 마산합포구 구산면에 속한 섬으로 추정된다.
9_ 소소강(召所江): 지금의 경상남도 고성군 마암면 일대의 하천으로 추정된다.
10_ 겸사복(兼司僕): 조선 시대의 정예 기병(騎兵)이다.

1594년 9월 22일

우수사, 장흥 부사, 경상 우후가 나란히 와서 명령을 듣고 갔다. 원수[11]가 보낸 비밀문서가 왔는데, 27일에 군사를 움직이기로 결정하였으니 유념하라고 씌어 있었다.

1594년 9월 29일 맑음

배를 띄워 장문포[12] 앞바다로 거침없이 들어갔건만 적의 무리는 험준한 곳을 차지하고서 나오지 않았다. 누각을 높이 세우고 양쪽 봉우리에 보루까지 쌓아 놓고는 조금도 나와서 맞서려고 하지 않는 것이었다. 선봉 부대가 왜선 두 척을 공격하자 적들은 육지로 올라가 도망쳤다. 빈 배를 넘어뜨려 불태우고 칠천량에서 밤을 보냈다.

1594년 10월 1일

충청 수사 및 선봉장 몇 사람과 함께 영등포로 곧장 들어갔지만, 흉악한 적들은 물가에 배를 잡아매어 두고 한 놈도 나와서 맞서려고 하지 않았다. 날이 저물어 장문포 앞바다로 돌아왔는데, 사도 배 두 척이 육지에 배를 매는 사이 작은 왜선이 침입하여 불씨를 던졌다. 비록 불은 붙지 않고 꺼졌지만 너무도 분통이 터졌다. 우수사 휘하의 군관과 경상 수사의 군관에게는 그 잘못을 가벼이 물었지만, 사도 군관은 중죄로 다스렸다.

11_ 원수(元帥): 도원수(都元帥). 조선 시대 전쟁이 발발했을 때 조선군 전체를 통솔하는 임무를 맡던 임시 관직이다. 당시 원수는 권율(權慄, 1537~1599)이었다.

12_ 장문포(長門浦): 지금의 경상남도 거제시 장목면 장목항 일대를 가리킨다.

밤 아홉 시쯤 칠천량으로 돌아와 밤을 지냈다.

1594년 10월 3일 맑음

내가 직접 장수들을 거느리고 아침 일찍 장문포로 갔다. 하루 종일 적과 싸워 보려 했지만 적들은 겁을 내어 나와서 대항하려고 하지 않았다.

날이 저물어 칠천량으로 돌아왔다.

1594년 10월 4일 맑음

곽재우 및 김덕령13_ 등과 배에 있는 군사 수백 명을 뽑아 산으로 올려 보내기로 약속하였다. 선봉장을 먼저 장문포로 보내 들락날락하면서 싸움을 걸게 하고 느지막이 중군(中軍)을 이끌고 들이닥쳤다. 바다와 육지에서 호응하니 적들은 허둥지둥하다 세력을 잃고 동분서주하였다. 육지에 있던 병사들은 적이 칼을 휘두르는 것을 보고 즉각 배로 내려왔다.

칠천량으로 돌아와 진을 쳤다.

선전관 이계명(李繼命)이 표신14_을 들고 임금님께서 내리신 교서를 가지고 왔다. 임금님께서 담비 가죽을 내려 주셨다.

13_ 곽재우(郭再祐) 및 김덕령(金德齡): 곽재우(1552~1617)는 임진왜란 때 경상도 의령(宜寧)에서 의병을 일으켜 여러 차례 왜적을 물리친 의병장이다. 붉은 옷을 입고 출전하여 홍의장군(紅衣將軍)이라 일컬어졌다. 김덕령(1567~1596)은 임진왜란이 일어나자 전라도 지역에서 의병을 일으켰다. 권율 휘하에서 곽재우와 함께 경상도 방어에 공을 세웠지만, 1596년 이몽학(李夢鶴)의 난이 일어났을 때 이몽학과 내통하였다는 누명을 쓰고 체포되어 고문을 받다 죽었다.

14_ 표신(標信): 군영에 급한 변고를 전할 때 사용되던 출입증이다. 선전관이 임금의 긴한 명령을 전할 때도 가지고 다녔다.

임진왜란 초기 조선 수군에게 패배만 당하던 일본 수군은 이순신이 남해의 제해권(制海權)을 장악하자 가능한 한 조선 수군을 피했다. 그도 그럴 것이 일본 수군은 섬나라 군대이기는 했지만 실제 해전을 치러 본 경험이 별로 없었다. 그에 비해 조선 수군은 이순신의 활약에다 전선이며 화공(火攻) 무기, 군사들의 역량까지 모든 면에서 전력이 앞섰다.

한편 일본군은 1593년 가을 무렵부터 남해안 곳곳에 성을 쌓고 주로 성안에 머물렀다. 아무리 이순신이라 해도 이처럼 피하기만 하는 일본 수군을 공격해 무찌르기란 쉽지 않았을 터다.

나에게 항복한 왜인들

1594년 11월 27일 맑음

전라 좌도와 우도에 나누어 보냈던 항복한 왜인들을 전부 모아 화포 쏘는 연습을 하게 하였다.

우수사 우후, 거제 현령, 사도 첨사, 여도 만호가 같이 왔다.

1595년 4월 24일 맑음

아침 일찍 아들 울(蔚), 조카 뇌, 조카 완(莞)이를 어머니 생신에 음식을 올려 드리라고 내보냈다.

정오쯤 강천석(姜千石)이 달려와 아뢰었다.

"도망쳤던 왜인 망기시로(䢢己時老)가 우거진 풀숲에 숨어 있다가 잡혔고, 왜인 하나는 물에 몸을 던져 죽었습니다요."

나는 즉시 망기시로를 잡아 오라 명했다. 그리고 충청도, 경상도, 전라도에서 나누어 맡고 있는 항복한 왜인들을 모두 불러 모아 망기시로의 머리를 베게 하였다. 망기시로는 조금도 꺼리는 기색 없이 죽으러 나왔다. 지독한 놈이라 할 것이다.

1595년 5월 21일 흐림

아침에 동헌에 나갔더니 항복한 왜인들이 와서 자기들 무리 중에 산소(山素)라는 자가 흉악한 일을 많이 저질렀으므로 베어 죽여야 한다고 했다. 그래서 그 왜인들에게 산소의 목을 베게 하였다.

활을 스무 순 쏘았다.

1595년 10월 5일

아침 일찍 수루에 올라가 토목 공사를 감독하였다. 수루 지붕의 바깥쪽 서까래 사이에 흙을 발랐는데, 항복한 왜인들에게 자재 나르는 일을 하게 했다.

1595년 10월 13일 맑음

아침 일찍 새로 짓는 수루에 올라가 보았다. 대청마루의 서까래 사이에 흙을 올려 발랐는데, 항복한 왜인들에게 공사를 마무리하게 하였다.

송홍득(宋弘得)이 군관을 따라갔다.

1595년 11월 16일 맑음

투항한 왜인 여문련기(汝文戀己)와 야시로(也時老) 등이 와서 왜인들이 도망치려 한다고 아뢰었다. 그래서 우수사 우후에게 그자들을 잡아 오게 했다. 주동자 준시(俊時) 등 두 명을 가려내 목을 베었다.

경상 수사, 우후, 웅천 현감, 방답 첨사, 남도포[1] 만호, 어란포[2] 만호, 녹도 만호가 왔다. 녹도 만호를 내보냈다.

1596년 1월 8일 맑음

항복한 왜인 다섯 사람이 들어왔다. 조선 편으로 온 까닭을 물었더니, 자기들이 따르던 장수가 성질이 포악하고 일을 자꾸

1_ 남도포(南桃浦): 지금의 전라남도 진도군 임회면 남동리 일대이다.
2_ 어란포(於蘭浦): 지금의 전라남도 해남군 송지면 어란리 일대이다.

고되게 부려 나와서 투항했다고 내답하였다. 또 실은 부산에 있던 것이 아니고 가덕도[3]에 있는 시마즈 요시히로[4]의 부하였다고 했다.

1596년 2월 15일 새벽에 비 옴

듣자니 전라우도의 항복한 왜인과 경상도 왜인들이 서로 약속하고서 도망칠 계획을 세우려 한다 하기에 전령을 보내 알려주었다.

아침에 보고서 초안을 수정했다.

동복의 계향유사 김덕린(金德麟)과 흥양의 계향유사 송상문(宋象文) 등이 돌아갔다.[5]

1596년 2월 19일 맑음

권 수사가 왔다. 장흥 부사, 웅천 현감, 낙안 군수, 흥양 현감, 우수사 우후, 사천 현감 등과 이야기를 나눴다.

우리 수영에 있는 난여문(亂汝文) 등에게 경상도 진영에 머물고 있는 항복한 왜인들을 묶어 와 목을 베라고 명했다.

3_ 가덕도(加德島): 지금의 부산광역시 강서구 천가동 가덕도를 가리킨다.
4_ 시마즈 요시히로(島津義弘): 1535~1619. 일본 사쓰마(薩摩) 출신의 장수이다. 임진왜란과
   정유재란에 모두 참전했다.
5_ 동복(同福)의~돌아갔다: '동복'은 지금의 전라남도 화순군에 속한 옛 지명이며, '계향유사'
   (繼餉有司)는 전쟁 시에 각 지역에서 군량을 모아 군대에 공급하는 일을 맡았던 사람을 가
   리킨다.

1596년 4월 16일 맑음

아침을 먹고 동헌에 나갔다. 난여문 등을 불러 불을 지른 왜인 세 명이 누구인지 묻고, 불 지른 자들을 불러 처형했다.

우수사, 경상 수사와 함께 앉아 아우 여필이 준비한 술을 마셨다. 가리포 첨사와 방답 첨사도 어울려 함께하다가 밤이 되어서야 자리를 끝냈다.

오늘 밤은 바다에 달빛이 차갑게 비치고 티끌 하나 일지 않는다. 다시 땀이 흐른다.

1596년 6월 24일 초복 맑음

아침에 나가 충청 우후와 활을 열다섯 순 쏘았다. 경상 수사도 와서 함께했다.

남해 현감이 자기 고을로 돌아갔다.

항복한 왜인 야여문(也汝文) 등이 자기 동료인 신시로(信是老)를 죽여 달라고 청했다 하므로 그렇게 하라고 지시했다.

남원의 김굉(金軦)이 군량이 축난 일 때문에 이것저것을 조사하기 위해 우리 수영에 왔다.

1596년 7월 18일 맑음

여러 관아에서 올린 공문을 처리하여 나누어 보냈다.

충청 우후와 홍주[6] 반자가 충청도 역적(逆賊) 사건에 대해 듣고 와서 보고하였다.

6_ 홍주(洪州): 지금의 충청남도 홍성군에 속한 옛 지명이다.

저녁에 들으니 항복한 왜인 연은기(戀隱己)와 사이여문(沙耳汝文) 등이 흉악한 계획을 세워 난여문을 해치려 하였다고 한다.

1596년 7월 19일 맑았지만 종일 바람이 셈

난여문에게 연은기와 사이여문 등의 목을 베라고 하였다.

우수사가 왔다가 돌아갔다. 경상 우후 이의득, 충청 우후, 다경포7- 만호 윤승남(尹承男)도 왔다.

전쟁이 길어지면서 일본군 가운데 일부는 극심한 굶주림에 시달리다가, 또는 상관의 혹독한 매질을 견디다 못해 조선 진영으로 와서 항복을 하였다. 조선이 항복한 왜인들을 후하게 대접한다는 소문이 퍼졌기 때문이다. 항복한 왜인들은 모여 있으면 음모를 꾸밀지 모른다는 이유로 조선 땅 여러 곳에 나누어 두었으며, 무기를 만들 수 있는 자나 검술에 능숙한 자는 조선군에 편입시켜 그 기술을 전수하게 하였다. 1594년 가을 무렵부터 항복한 왜인들의 상당수는 이순신이 다스리던 한산도로 보내져 노 젓는 선원이 되었고 왜적을 물리치는 데도 얼마간 도움이 되었다.

7_ 다경포(多慶浦): 지금의 전라남도 무안군 운남면 성내리 일대를 가리킨다.

조선을 도우러 온 명나라 군대

1593년 5월 23일 새벽에 흐리다 오후 늦게 비가 오락가락함

영남 우병사 아래 있는 군관이 와서 왜적의 사정을 전했다. 전라 병사의 편지도 왔는데, 창원에 있는 적을 모조리 쳐 버리고 싶지만 왜적의 기세가 불꽃처럼 맹렬해 경솔히 진격할 수 없다고 씌어 있었다.

저녁에 아들 회가 와서 명나라 관원이 본영에 도착했으며, 이리로 배를 타고 들어올 것이라는 말을 전했다. 영남 수사가 와서 명나라 관원을 어떻게 접대할지 상의하였다.

1593년 5월 24일 비가 오락가락함

아침에 거제도 앞 칠천량 바다 어귀로 진영을 옮겼다.

나대용이 사량 뒤쪽 바다에서 명나라 관원이 오는지 살펴보고 있다가 그들보다 앞서 와, 명나라 관원과 역관 표헌(表憲) 및 선전관 목광흠(睦光欽)이 온다고 알렸다.

오후 두 시쯤 명나라 관원 양보(楊甫)가 우리 진영 문에 이르렀다. 우별도장(右別都將) 이설[1]더러 나아가 맞이하게 하여 우리 배로 인도했더니 퍽 기뻐하는 기색이었다. 배에 오르도록 청한 뒤 명나라 황제의 은혜에 두 번 세 번 감사를 표했다. 이쪽으로 와서 마주 앉자고 하였지만 굳이 사양하므로 한참을 서서 이

1_ 이설(李渫): 1554~1598. 조선 중기의 무신이다. 이순신 휘하에서 여러 해전에 나가 싸웠고, 거북선을 만드는 데도 참여했다. 1598년 노량 해전에서 전사하였다.

야기를 니누었는데, 우리 수군의 훌륭함을 여러 번 칭찬했다. 예단을 전하자 처음에는 기어이 거절하는 듯하다가 받고는 몹시 좋아하면서 거듭 고맙다는 인사를 하였다.

아들 회가 밤에 본영으로 돌아갔다.

1593년 6월 13일 맑다가 오후 늦게 비 잠깐 내림

명나라 사람 왕경과 이요[2]가 우리 수군이 강성한지를 보러 왔다. 이들로부터 이여송 제독이 나아가 공격하지 않았다는 이유로 명나라 조정에서 문책을 받았다는 말을 들었다. 그들과 조용히 이야기를 나누다 보니 감정이 북받쳐 오를 때가 많았다.

저녁에 거제도 세포(細浦)로 진을 옮겼다.

1594년 6월 15일 맑다가 오후에 비 뿌림

순천과 보성에서 긴급 보고를 전했다. 명나라 총병관[3] 장홍유(張鴻儒)가 호선(號船)에 올라 100여 명을 거느리고 바닷길을 따라와 벌써 진도 벽파정[4]에 도착하였다고 한다.

1594년 7월 17일 맑음

새벽에 포구로 나가 진을 쳤다.

아침 열 시쯤 명나라 파총[5] 장홍유 장군이 병호선(兵號船)

2_ 왕경(王敬)과 이요(李堯): 명나라 장수 유정(劉綎)의 휘하에 있던 연락병이다. 유정의 명을 받고 조선 수군의 숫자 등을 파악하기 위해 이순신 진영에 방문한 일이 있다.

3_ 총병관(總兵官): 명나라 때의 관직으로, 한 지방을 맡아 방어하고 그 지방의 군대를 통솔하던 '총병'을 가리킨다.

4_ 벽파정(碧波亭): 지금의 전라남도 진도군 고군면 벽파리에 있던 정자를 가리킨다.

다섯 척에 돛을 펼치고 들어와 곧바로 바다 위 진영에 다다랐다. 배에서 내려 이야기를 나누자고 하므로 나와 여러 수사는 먼저 활터 정자로 올라갔다. 올라오기를 청하자 파총은 배에서 내려 곧장 정자로 왔다.

나는 장 파총과 함께 앉아 만 리나 되는 바닷길을 고생스레 와 주시어 감사한 마음 끝이 없다고 먼저 인사를 하였다. 그랬더니 작년 7월 절강에서 출항하여 요동에 이르렀을 때[6] 요동 사람들이 앞으로 지나갈 바닷길엔 돌섬과 숨어 있는 곳[7]이 많다 하고 또 앞으로 일본과 강화(講和)를 맺는다 하니 가서는 안 된다며 간곡히 힘써 만류하기에 그대로 요동에 머물다가, 시랑[8] 손광(孫鑛)과 총병 양문(楊文)에게 긴급 보고를 올리고 올해 3월 초 배를 띄워 왔으니 어찌 수고와 어려움이 없었겠느냐고 답했다. 나는 차를 드린 다음 작은 술잔에 술을 대접했는데, 사뭇 비분강개한 심정이 되었다. 또 왜적의 형세를 이야기하다가 밤이 깊어 가는 줄도 몰랐다.

1594년 7월 18일 맑음

장 파총에게 수루 위로 나가 술을 대접하고 싶다고 하였다. 내년 봄에는 배를 이끌고 제주도로 갈 일이 많을 것이라 하며 우

5_ 파총(把摠): 명나라 때의 관직으로, 휘하에 군사 400여 명을 거느리는 하급 무관이다. 앞의 일기에서 이순신이 장홍유의 관직을 총병관이라고 한 것은 착오로 보인다.

6_ 절강(浙江)에서~때: '절강'은 지금의 중국 동부 동중국해 연안에 있는 저장성(浙江省) 지역을 가리키며, '요동'(遼東)은 지금의 중국 랴오닝성(遼寧省) 동남부 지역을 뜻한다.

7_ 곳: 바다 쪽으로 뾰족하게 뻗은 육지를 말한다.

8_ 시랑(侍郞): 명나라 때의 관직으로, 각 부(部)의 차관(次官)을 가리키는 말이다. 손광은 당시 병부(兵部) 시랑을 맡고 있었다.

리 수군과 힘을 모아 추익한 무리들을 모두 무씨르자고 간절하게 이야기했다. 저녁 여덟 시쯤 헤어졌다.

1592년 5월 27일, 일본군이 임진강을 넘어오자 조선 조정은 명나라에 구원병을 요청하기로 결정했다. 명나라 조정은 장수 조승훈(祖承訓)과 군사 3천 명을 조선에 파병했지만 명나라 군대는 평양성 전투에서 일본군에 패했다. 같은 해 12월, 이번에는 명나라 장수 이여송(李如松, 1549~1598)이 4만 3천여 명의 군사를 이끌고 압록강을 건너 왔다. 명나라의 지원으로 평양과 개성을 되찾고, 서울을 점령하고 있던 왜적까지 물리칠 수 있었지만 명나라 군사들이 고맙기만 한 것은 아니었다. 조선은 명나라 군사들에게 군량과 소, 말 등을 바쳐야 했고, 식량을 빼앗긴 백성들은 더욱 굶주려 갔다. 더욱이 명나라 군대는 조선에 부족한 군사까지 보충해 달라고 요구하여 조선의 젊은 남성은 대부분 전쟁터로 나갈 수밖에 없는 현실이 되었다.

정유년, 다시 왜적과 맞서다

1597년 9월 13일

맑았지만 북쪽에서 바람이 몹시 불어 배가 가만히 붙어 있
지 못했다.

꿈이 예사롭지 않았는데, 임진년 왜적을 크게 이겼을 때 꾸
었던 꿈과 거의 같았다. 무슨 징조인지 모르겠다.

1597년 9월 14일 맑고 북풍이 거세게 붊

벽파정 건너편에서 연기가 피어오르기에 배를 보내어 불 피
운 군사를 데려오게 했더니 바로 임준영(任俊英)이었다. 그는 정
탐을 하고 와서 이렇게 보고했다.

"적선 200여 척 가운데 55척이 먼저 어란포로 들어왔습니다."

또 포로로 잡혀갔다 도망쳐 돌아온 김중걸(金仲傑)의 말을
전했다.

"김중걸이 이달 초엿샛날 밤새도록 산에 몸을 숨기고 있다가
왜적에게 사로잡혀 꽁꽁 묶인 채 그들의 배로 실려 갔는데, 다행
히 임진년에 포로가 된 김해 사람을 만나 왜적 장수에게 사정하
여 결박을 풀고 같은 배에서 지내게 되었답니다. 한밤중 왜놈들
이 깊이 잠들었을 때 김해 사람이 중걸의 귀에다 대고 몰래 이런
말을 했다고 합니다.

'왜놈들이 모여서는 조선 수군의 배 여남은 척이 자기들 배
를 추격해 활을 쏘아 동료들을 죽이기도 하고 배를 불태우기도
하였으니 너무나 분하다며 각지의 배를 불러 모아 힘을 합쳐 모

두 무찌른 뒤 곧장 한강으로 가자고 의논하였소.'"

이 말을 전부 믿을 수는 없었지만 또한 이러지 못할 리도 없을 듯싶었다. 즉시 전령선(傳令船)을 보내 피란민들을 타일러 빨리 높은 데로 올라가게 하였다.

1597년 9월 15일 맑음

조수(潮水)를 타기 위해 장수들을 이끌고 우수영 앞바다로 진을 옮겼다. 벽파정 뒤편에 명량이 있는데, 숫자가 적은 우리 수군이 명량을 등지고 진을 칠 수는 없기 때문이었다.

장군들을 불러 모아 약속하였다.

"병법(兵法)에서 '죽고자 하면 살고 살고자 하면 죽는다' 했고, '한 사람이 길목을 잘 맡으면 천 명도 충분히 두렵게 할 수 있다'고 했다. 이것이 지금 내가 하려는 말이다. 너희 장수들이 조금이라도 명령을 어긴다면 즉각 군율에 따라 한 치도 용서치 않을 것이다."

그리고 두 번 세 번 엄숙히 맹세하였다.

오늘 밤 꿈에 신인(神人)이 나타나 "이렇게 하면 크게 이기고 이렇게 하면 진다"고 가르쳐 주었다.

1597년 9월 16일 맑음

아침 일찍 정찰병이 와서 셀 수 없는 왜선이 명량을 거쳐 우리 편 진영으로 향하고 있다고 보고하였다. 즉시 각 배에 닻을 올리고 바다로 나가라고 명령하였다. 왜적의 배 130여 척이 우리 편 배를 둘러싸자, 장수들은 스스로 우리 수군이 적은 숫자로 많은 왜적을 대적하는 형세라 여기고는 회피할 계책만 내어놓았다.

우수사 김억추(金億秋)가 탄 배는 벌써 두 마장¹이나 벗어나 있었다.

나는 빠르게 노를 저어 앞으로 돌격했다. 지자총통이며 현자총통, 각기 다른 총통들을 어지러이 쏘아 댔다. 탄환은 폭풍이 일 듯 천둥이 치듯 발사되었다. 군관들이 배 위에 삼대처럼 빽빽이 서서 비 쏟아지듯 화살을 퍼붓자, 왜적의 무리는 당해 내지 못하고 다가섰다 물러났다를 반복했다. 그러나 왜적이 우리를 여러 겹으로 둘러싸고 있는 까닭에 전세를 예측할 수 없어 한배에 탄 사람들끼리도 서로 새파랗게 질린 얼굴로 돌아보고 있었다. 나는 부드럽게 타일렀다.

"적선이 비록 많기는 하지만 곧바로 침범해 오기는 어려울 것이다. 조금도 동요하지 말고 다시 마음과 힘을 다해 적을 쏘아라! 적을 쏘아라!"

돌아보니 장수들이 탄 배는 물러나 먼 바다 위에 있었다. 배를 돌려 군령을 내리고 싶었지만 적들이 내가 돌아서는 틈을 타서 배를 붙잡고 올라탈까 염려되어 이러지도 저러지도 못했다. 뿔나팔을 불라 명하고, 중군에게 명령을 내릴 때 쓰는 깃발을 세우게 했다. 또 초요기²도 올리게 했다. 그러자 중군장(中軍將)인 미조항 첨사 김응함(金應諴)의 배가 점점 내가 탄 배를 향해 다가왔다. 거제 현령 안위³의 배가 먼저 왔으므로 나는 배 위에 서

1_ 마장: 거리를 재는 단위로, 한 마장은 5리(약 2km) 또는 10리(약 4km)가 못 되는 거리를 뜻한다.

2_ 초요기(招搖旗): 대장이 휘하의 장수들을 부르거나 군대를 지휘할 때 사용하던 깃발을 말한다. '초요'는 북두칠성 가운데 일곱째 별을 뜻하며, 초요기에는 북두칠성이 그려져 있었다고 한다.

서 직접 안위를 불렀다.

"안위야, 군법에 따라 죽고 싶으냐? 안위 네가 군법에 따라 죽고 싶은 게로구나. 도망간들 어디 가서 살 것이냐!"

안위는 당황하여 허둥지둥 왜적의 배 가운데로 뛰어들었다. 또 김응함을 불러 말했다.

"너는 중군이 되어서 멀리 몸을 피해 대장을 구원하지 않았으니 그 죄에서 어찌 벗어날 수 있겠느냐! 처형하고 싶지만 왜적의 형세 또한 급박하니 일단 공을 세우게 해 주마."

안위와 김응함의 배가 선봉이 되었다. 왜적 장수가 탄 배에서 휘하의 배 두 척에 지시를 내리자 왜적은 한순간에 개미 떼처럼 안위의 배에 달라붙어 배를 부여잡고 다투어 기어올랐다. 안위와 배 위의 군사들은 각기 죽을힘을 다하여 어떤 군사는 나무 방망이를 쥐거나 긴 창을 가지고, 또 어떤 군사는 모서리가 닳은 돌덩이를 들고 수없이 적을 내리쳤다. 배 위에 있는 군사들의 힘이 거의 다했을 때, 나는 뱃머리를 돌려 곧장 돌입했다. 비가 쏟아지듯 화살을 퍼부었더니 배 세 척에 타고 있던 왜적은 대부분 거꾸러졌다.

녹도 만호 송여종⁴이 탄 배와 평산포 만호 대신 출전한 정응두(丁應斗)가 이끄는 배도 잇달아 와서 힘을 합쳐 적을 쏘아 죽였다. 왜적은 한 놈도 살아 움직이지 못했다.

3_ 안위(安衛): 1563~?. 조선 중기의 무신이다. 임진왜란 때 이항복(李恒福)의 천거로 거제 현령이 되어 이순신 휘하에서 왜적을 물리쳤다. 후에 전라 우수사와 경상 수사 등을 지냈다.

4_ 송여종(宋汝悰): 1553~1609. 조선 중기의 무신이다. 임진왜란 때 여러 해전에서 왜적을 물리쳤고, 이순신의 보고서를 의주에 계신 임금께 전달한 공을 인정받아 녹도 만호가 되었다.

항복한 왜인 준사(俊沙)는 안골포[5] 적진에서 투항해 온 자로 우리 배에 타고 있었다. 몸을 구부려 시체들을 살펴보더니 이렇게 말했다.

"무늬가 있는 붉은 비단옷을 입은 자가 안골포 진영의 장수 마다시[6]입니다."

무상[7] 김돌손(金乭孫)에게 그 시신을 갈고리로 낚아 뱃머리에 올리라고 하였다. 준사는 이자가 바로 '마다시'라면서 펄쩍 뛰었다. 곧바로 시체를 토막 내라고 명령하였더니 왜적의 기세는 푹 꺾이고 말았다.

우리 배들은 왜적이 침범할 수 없음을 알고 동시에 북을 치고 함성을 지르며 일제히 나아갔다. 지자총통과 현자총통을 쏘자 강과 산에 천둥이 울리는 듯했고, 화살을 비처럼 쏟아부어 왜적의 배 31척을 격파했다. 나머지 적선은 싸움을 피해 달아나 다시는 가까이 오지 못했다.

우리 수군은 왜적과 싸우던 바다에 배를 세워 두고 싶었지만 물살이 너무 험하고 바람도 거꾸로 불어 위태롭게 고립될 형편이라 당사도[8]로 건너가 배를 대고 밤을 보냈다.

오늘 일은 참으로 하늘이 주신 큰 행운이다.

5_ 안골포(安骨浦): 지금의 경상남도 창원시 진해구 안골동 일대를 가리킨다.
6_ 마다시(馬多時): 명량 해전에서 사망한 일본 장수로, 구루시마 미치후사(來島通總)라는 설과 간 마타시로 마사카게(菅又四郎正陰)라는 설이 있다.
7_ 무상: 배 앞머리에서 배의 방향을 조절하는 노를 다루는 노련한 선원을 말한다.
8_ 당사도(唐筍島): 지금의 전라남도 신안군 암태면에 속한 섬이다.

1597년 일본은 조선을 또 한 번 침략했으며, 이를 정유재란이라 한다. 정유년에 치른 해전 가운데 이순신에게 가장 의미 있었던 전투는 명량(鳴梁) 해전이 아니었을까 한다. 명량은 지금의 전라남도 진도군 군내면 녹진리와 해남군 문내면 학동리 사이에 있는 해협으로 '울돌목'이라고도 부른다. 백의종군하던 이순신은 1597년 8월 3일에 다시 삼도수군통제사로 임명되었으며, 복귀한 지 한 달여 만에 명량 해전에서 왜적을 크게 물리쳤다. 이순신이 백의종군을 하는 사이, 원균이 이끌던 조선 수군은 1597년 7월 칠천량에서 일본군에 참패하며 수많은 군사와 전선을 잃었다. 남은 것이라고는 전선 12척뿐이었지만 통제사 이순신은 장수와 군사들을 모아 다시 전쟁을 준비하였다. 소규모 군대로 많은 적을 막아 내기 위해 이순신은 명량이라는 좁은 길목을 택했고, 이곳으로 왜적을 끌어들인 뒤 전투를 치러 큰 승리를 거두었다.

진린과의 연합 작전

1598년 9월 15일 맑음

명나라 노독(都督) 신린과 군내를 같이 움직여 나로도[1]로 갔다.

1598년 9월 20일 맑음

아침 여덟 시쯤 유도(柚島)에 이르렀는데, 명나라 장수 유정[2] 제독이 벌써 군사들을 싸움터로 내보낸 뒤였다. 육지와 바다 양쪽에서 공격하니 왜적은 기세가 크게 꺾여 두려워하는 기색이 역력했다. 수군이 드나들며 대포를 쏘았다.

1598년 9월 21일 맑음

아침에 군사들과 나아가 하루 종일 전투를 치렀는데, 조수로 인해 수심이 너무 얕아진 탓에 왜적과 가까이서 싸울 수 없었다.

남해에 있는 왜적이 가볍고 날랜 배를 타고 들어와 정탐을 하여 허사인(許思仁) 등이 뒤를 쫓았다. 그러자 왜적은 배에서 내려 산으로 올라갔다. 왜적이 타고 왔던 배와 이러저러한 물건들을 빼앗아 와서 진 도독에게 바쳤다.

1_ 나로도(羅老島): 전라남도 고흥군 봉래면에 속한 섬으로, 내나로도와 외나로도로 이루어져 있다.
2_ 유정(劉綎): ?~1619. 명나라의 장수이다. 조선 구원군으로 임진왜란과 정유재란에 모두 참전했다.

1598년 9월 22일 맑음

아침부터 군사들을 이끌고 나아가 싸웠다. 명나라 유격장군이 왼팔에 탄환을 맞았으나 중상에 이르지는 않았다. 명나라 군사 11명이 총탄에 맞아 죽었다. 지세포[3] 만호와 옥포 만호도 총에 맞았다.

1598년 9월 27일 비 오고 서풍이 거셈

명나라 군문 형개[4]가 편지를 보내 수군이 재빨리 진격한 일을 칭송하였다.

밥을 먹은 뒤 진 도독을 만나 조용히 이야기를 나누었다.

저녁에 신호의(愼好義)가 찾아와 여기서 묵었다.

1598년 9월 30일 맑음

오늘 저녁 명나라 유격 왕원주(王元周), 복승(福昇), 파총 이천상(李天常)이 100여 척의 배를 이끌고 우리 진영에 이르렀다. 등불이며 촛불이 휘황하여 적들은 틀림없이 간담이 서늘했을 것이다.

1598년 10월 3일 맑음

진 도독이 유 제독의 비밀 편지에 따라 초저녁에 진격하였다. 자정에 이르도록 공격을 퍼부었는데, 명나라 사선[5] 19척과

3_ 지세포(知世浦): 지금의 경상남도 거제시 일운면 지세포리 일대를 가리킨다.
4_ 군문(軍門) 형개(邢玠): 군문은 명나라 때 지방에 파견한 군사를 감찰하던 총독(總督)이나 각 지방의 군사에 관한 업무와 민정을 살피던 순무(巡撫)를 달리 이르던 말. 형개(1540~1612)는 명나라 병부 상서 겸 총독으로 1597년 조선에 파견되어 조선 구원군을 지휘했다.

호선 20여 척이 불에 탔다. 도독이 넘어지고 거꾸러지던 모습은 말로 다할 수가 없다.

안골포 만호 우수(禹壽)가 총에 맞았다.

1598년 11월 8일

명나라 도독부에 가서 위로연을 베풀고 저녁이 되어서야 돌아왔다. 잠시 후 진 도독이 나를 보자고 청했다. 곧장 갔더니 순천 왜교[6]에 주둔하고 있는 적들이 10일쯤 철수할 것이라는 기별을 육지에서 보내왔다고 하였다. 이어서 서둘러 군사를 이끌고 나가 왜적이 본국으로 돌아가는 길을 끊어 버리자고 말했다.

명나라 수군 장수 진린(陳璘, 1543~1607)은 1598년 7월에 500여 척의 배를 이끌고 조선을 도우러 왔다. 진린은 이순신과 연합 함대를 구축해, 육지에서 후퇴하여 바다를 건너 본국으로 돌아가려는 왜적을 바다 위에서 공격하는 작전을 펼쳤다. 진린과 이순신의 관계가 처음부터 우호적이었던 것은 아니다. 그러나 이순신이 진린을 극진히 대접하고, 진린이 이순신의 인간됨을 알게 되면서 점차 협력하는 관계로 나아갔다. 더욱이 진린은 이순신과 노량 해전에 출전함으로써 이순신의 마지막을 함께한 명나라 장수가 되었다.

5_ 사선(沙船): 쉽게 좌초되지 않도록 바닥을 평평하게 만든 대형 돛배를 말한다.

6_ 왜교(倭橋): 지금의 전라남도 순천시 해룡면 신성리에 있는 순천 왜성(倭城)을 가리킨다. 왜성은 임진왜란 때 일본군이 조선에 주둔하기 위해 쌓았던 성을 이르는 말이다.

군율로 엄히 다스리리라

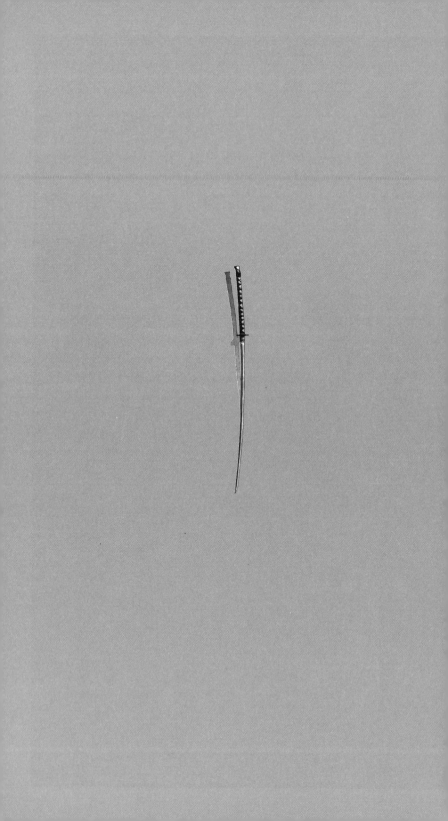

군율로 엄히 다스리리라

1592년 3월 20일 빗발이 거셈

느지막이 동헌에 나가 공무를 보고 각 부서의 회계(會計)를 점검했다.

순천은 수색 업무를 기한 안에 마치지 못했기 때문에 업무를 대신하고 있는 장수와 담당 아전, 도훈도[1] 등을 추궁했다. 사도 첨사 또한 만날 약속을 정하는 일로 공문을 보냈는데, 혼자서 수색을 하였다고 보고해 왔다. 반나절 동안 내나로도와 외나로도, 대평두도(大平斗島)와 소평두도(小平斗島)를 수색하고 같은 날 포구로 돌아왔다고 하니 일을 이다지도 거짓으로 꾸밀 수 있단 말인가. 이러한 잘못을 따지기 위해 흥양 현감과 사도 첨사에게 공문을 보냈다.

몸이 많이 불편해 일찍 들어갔다.

1593년 4월 16일 맑음

아침을 먹고 활터 정자로 올라갔다.

경상 수사 휘하의 군관 고경운(高景雲)과 도훈도 및 비상사태에 대비하는 수영 아전들을 잡아 와 나의 지휘에 따르지 않고 왜적이 일으킨 변고를 재빨리 보고하지 않은 죄로 곤장을 때렸다.

저녁에 송두남(宋斗男)이 서울에서 내려왔는데, 임금님께서

1_ 도훈도(都訓導): 조선 시대 각 군영에 소속된 하급 군인 중 우두머리 군사를 가리키는 말로 보인다.

내가 보고서에 써 올린 사안에 대해 하나하나 신하들과 의논하여 시행하셨다고 알려 주었다.

1594년 2월 18일 맑음

밥을 먹고 활터 정자에 올라 해남 현감 위대기(魏大器)를 명령에 거역한 죄로 처벌했다.

전라우도의 여러 장수가 와서 인사하였다.

활을 몇 순 쏘았다.

1595년 2월 1일 맑지만 바람이 붊

아침에 대청으로 나가 보성 군수를 기한을 넘긴 죄로 처벌하였다.

도망쳤던 왜인 두 명을 처형하였다.

의금부(義禁府) 나장이 와서 흥양 현감을 잡아가겠다고 전했다.

1595년 2월 14일 맑고 온화한 날씨

밥을 먹고 진도 군수, 무안 현감, 함평 현감이 임금님께서 내리신 교서(敎書)에 절하였다. 그런 다음 방비할 수군들을 한꺼번에 보내지 않은 일과 전선을 만들어 오지 않은 일로 이 셋을 처벌했다. 영암 군수 역시 죄를 논했다.

조카 봉, 해(荄), 분이가 군관 방응원(方應元)과 함께 수영에서 나갔다.

1595년 4월 29일 새벽 2시쯤 비가 내리기 시작해 아침 6시경 갬

해남 현감이 공사 간의 예를 행한 뒤, 두 번이나 기한 안에 오지 않은 하동 현감에게 곤장을 아흔 대 쳤다. 해남 현감에게도 곤장을 열 대 때렸다. 미조항 첨사는 그간의 사정을 아뢰었다.

조방장 세 사람과 이야기를 나눴다.

노윤발(盧潤發)이 미역을 아흔아홉 동 따왔다.

1595년 5월 15일 궂은비가 그치지 않아 한 치 앞도 분간할 수 없음

새벽꿈이 몹시 어수선했다. 어머니 소식을 듣지 못한 것이 벌써 이레째라 속을 태우고 마음을 졸였다. 게다가 조카 해가 잘 갔는지도 알지 못했다.

아침을 먹고 동헌에 나갔더니 광양 사람 김두검(金斗劍)이 복병으로 있을 당시 순천 부사와 광양 현감에게서 이중으로 삯을 받아 그 벌로 수군에 나왔으면서 칼을 차지 않고 활도 메지 않은 채 무척이나 거만을 떨기에 곤장 일흔 대를 쳤다.

저물녘 우수사가 술을 가지고 와서 거나하게 마시고 돌아갔다.

1595년 6월 16일 맑음

동헌에 나가 공무를 보았다.

순천 7호선의 장수 장일(張溢)이 군량을 훔치다가 잡혀 왔으므로 처벌하였다.

오후에 조방장 두 사람, 미조항 첨사 등과 활 일곱 순을 쏘았다.

1596년 6월 20일 맑음

어제 아침 곡포 권관 장후완(蔣後琬)이 교서에 절하였다. 그런 다음 평산포 만호에게 뒤쫓아 진영에 이르지 않은 책임을 추궁했더니, 기한을 정해 주지 않았기 때문이라고 대답했다. 해괴하기 짝이 없어 곤장을 서른 대 때렸다.

한낮에 남해 현감이 와서 교서에 절하고 이야기를 나누다 활을 쏘았다. 충청 우후도 왔다.

이순신은 군대의 안정을 위해 언제나 군율을 엄격히 적용했다. 왜적이 침입해 온 실전 상황에서 군율로 철저히 다스리지 않고는 군사들을 통솔하기 쉽지 않았을 것이다. 한편 이순신은 조정에 올린 보고서에서 자신이 수군의 수장으로서 호령을 내려도 각 고을 수령들이 자기 소관이 아니라는 핑계를 대며 명령을 따르지 않아 수령들을 다스리는 데 어려움이 있다고 호소하기도 하였다.

자기 잇속만 차리는 아전들

1592년 1월 16일 맑음

동헌에 나가 공무를 보았다. 여러 벼슬아치와 아전들이 와서 인사하였다. 방답의 전선을 관리하는 군관과 담당 아전이 배를 수리하지 않았으므로 곤장을 때렸다. 우후와 임시 수령이 단속하지도 정비하지도 않은 까닭에 이 지경이 되었으니 놀랍고도 괴상함을 이루 다 말할 수 없다. 한갓 제 몸 살찌우는 일이나 하고 이처럼 맡은 일을 돌아보지 않으니 다른 일도 알 만하다.

성 아랫마을에 사는 병사 박몽세(朴夢世)는 석수장이인데, 선생원에 있는 쇠사슬 박을 돌 뜨는 곳에 갔다가 이웃의 개에게까지 해를 끼쳐 곤장 여든 대를 쳤다.

1593년 6월 8일 날씨가 잠깐 갰지만 바람이 온화하지 않음

나대용이 병에 걸려 본영으로 돌아갔다.

정찰선이 들어왔다.

여러 관아의 아전 11명을 처벌하였다. 옥과의 향소[1]에서 작년부터 군사들을 불성실하게 통솔하더니 빠져나간 군사들이 늘어나 거의 100여 명에 이르렀다. 매번 거짓말로 둘러대며 일을 넘겼으므로 오늘 목을 베어 높은 곳에 매달았다.

1_ 옥과(玉果)의 향소(鄕所): '옥과'는 지금의 전라남도 곡성군에 속한 옛 지명이다. '향소'는 조선 시대에 지방 수령을 보좌하고 지방 행정을 자문하던 기구를 말한다.

1594년 8월 4일 비가 흩뿌리다 늦게 갬

경상 수사 아래에 있는 군관과 아전이 명나라 장수를 대접하면서 여인들에게 떡과 같은 먹을거리를 이고 가게 한 일이 있어 벌을 주었다.

순천 부사와 발포 만호가 와서 활을 쏘았다.

1594년 9월 11일 맑음

공무를 보았다.

세 번이나 식량을 훔친 남평²_의 아전과 순천의 노 젓는 선원을 처벌했다.

충청 수사가 와서 만났다.

1596년 2월 26일 아침엔 맑았지만 저녁에 비 옴

느지막이 관아 대청에 나갔다.

여도 만호와 흥양 현감이 와서 수영 아전들이 백성의 것을 빼앗아 가지는 폐해가 있다고 이야기했다. 너무도 기가 막힌 일이어서 양정언(梁廷彦), 수영 아전 강기경(姜起敬), 이득종(李得宗), 박취(朴就) 등을 중죄로 다스렸다. 그리고 곧장 경상도와 전라우도 수사에게 전령을 보내 수영의 아전들을 잡아들이라고 하였다.

경상 수사가 와서 만나 보았다.

얼마 후 견내량에서 매복하고 있던 군사가 와서 "왜적의 배

2_ 남평(南平): 지금의 전라남도 나주시에 속한 옛 지명이다.

한 처이 견내량으로 들어와 해평장(海坪場)에 다다를 참이었는데, 금지시키고 머물지 못하게 했습니다"라고 긴급 보고를 올렸다.

둔전³에서 거둔 벼가 230석에서 198석으로 정정되어 32석이 줄었다고 한다.

낙안 군수에게 이별주를 대접하고 전송하였다.

삼도수군통제사의 명령을 제대로 따르지 않기는 아전들도 마찬가지였으며, 이순신은 이러한 아전들을 무겁게 처벌했다. 아전들의 문제는 크게 두 가지로, 군사들을 징발해 보내지 않는 것과 백성의 재물을 빼앗는 등 백성에게 해를 끼치는 것이었다. 수군은 여러 이유로 결원이 많이 생긴 탓에 각 고을에서 군사들을 새로 뽑아 보충해야만 했는데, 이때 실무를 담당하던 아전들은 징발의 대상이 되는 사람들과 결탁해 산 사람을 죽었다고까지 하면서 군사를 징발해 보내라는 명령을 어기곤 하였다.

3_ 둔전(屯田): 변경 지역이나 군사 요충지에서 군대에 필요한 양식이나 비용 등을 마련하기 위해 농사짓던 땅을 가리킨다.

도망친 군사에겐 죽음이 기다릴 뿐

1592년 5월 3일 아침 내내 가랑비 내림

중위장(中衛將)을 불러 내일 새벽 싸움터로 떠나자 약속하고, 곧바로 임금님께 올리는 글을 고쳐 썼다.

오늘 여도 수군 황옥천(黃玉千)이 제 집으로 달아났다. 황옥천을 잡아다가 목을 베어 높은 곳에 걸었다.

1593년 2월 3일 맑음

장수들이 고루 모였는데, 보성 군수가 오지 않았다. 동쪽 내 방으로 가서 앉아 순천 부사, 낙안 군수, 광양 현감 등과 한참을 의논하고 약속하였다.

오늘 영남에서 옮겨 온 귀화인 김호걸(金浩乞)과 나장 김수남(金水男) 등이 명부에 올라 있는 노 젓는 선원 80여 명이 도망쳤다고 보고했다. 그러나 이들은 도망친 자들에게서 뇌물을 많이 받은 까닭에 붙잡아 오지 않고 있었다. 그래서 몰래 군관 이봉수와 정사립(鄭思立) 등을 보냈더니 70여 명을 찾아서 데리고 왔다. 잡혀 온 자들을 각 배에 나누어 보내고, 김호걸과 김수남 등은 당장 처형했다.

저녁 여덟 시쯤부터 강한 비바람이 일어 배들을 구하여 지키느라 애를 먹었다.

1593년 5월 7일 흐렸지만 비는 오지 않음

우수사와 아침밥을 같이 먹고 진해루로 자리를 옮겨 공무를 본 뒤 배에 올랐다. 배가 떠나기 직전, 도망갔던 발포 수군을 군율대로 처형했다. 순천의 이방 역시 군사들을 급히 방비할 곳으로 보내지 않은 일이 있었으므로 전부 군율에 부쳐 처벌하고 싶었지만 일단 그만두었다.

미조항에 이르자 동풍이 세게 불어 파도가 산처럼 높았다. 간신히 배를 대고 잤다.

1593년 7월 13일 맑음

수영의 정찰선이 들어와 광양과 두치 등지에는 왜적이 없다고 보고하였다.

순천 거북선에서 노를 젓는 경상도 출신 노비 태수가 도망치다 붙잡혀 와 처형하였다.

저물녘 흥양 현감이 들어와 두치에 퍼진 헛소문을 전했다. 장흥 부사 유희선[1]이 겁을 먹어 얼토당토 않은 일을 벌인 것이라고 하였다. 또 흥양 산성의 창고에 있던 곡식은 남김없이 나눠 주었다고 했다. 행주에서 왜적을 크게 물리친 일[2]에 대해서도 알려 주었다.

1_ 유희선(柳希先): ?~1593. 장흥 부사이자 전라도 복병장으로서 두치 나루를 지키던 중, 왜적이 온다는 말만 듣고 달아나면서 광양과 순천 등지에 왜적이 몰려온다고 헛소문을 퍼뜨린 인물이다. 이로 인해 피란민들이 곡식 창고에 불을 지르고 식량을 약탈하는 등 전라도 남쪽 일대가 혼란에 빠졌다. 이후 임금의 명에 따라 처형되었다.
2_ 행주에서~일: 1593년 2월 12일에 권율이 서울 북쪽의 행주산성(幸州山城)에서 일본군과 싸워 큰 승리를 거둔 일을 말한다.

1594년 7월 26일 맑음

각 포구의 관아에서 올린 공문을 처리하여 보냈다.

녹도 만호가 도망쳤던 군사 8명을 잡아 와 그중 우두머리 3명을 처형하고 나머지는 곤장을 때렸다.

아들들의 편지를 보니 어머니께선 안녕하시다 한다. 아들 면(葂)이의 병도 나아가고 있다 하니 다행이다. 다행이다.

윤돈[3]이 종사관으로 내려온다고 한다. 신천기(申天機)와 신제운(申霽雲), 노윤발이 들어왔다.

1594년 8월 26일 맑음

공무를 보았다.

흥양의 보자기[4] 막동이란 놈이 장흥 군사 30명을 몰래 자기배에 태워 달아나게 해 주었다. 막동의 목을 베어 높은 곳에 매달았다.

활터 정자에 올라 활을 쏘았는데, 충청 우후도 와서 같이 쏘았다.

1596년 7월 16일 새벽부터 비가 오다 오후 늦게 갬

오늘 충청도 홍주에 소속된 노 젓는 선원으로 신평(新平)에 사는 사노비 걸복이가 달아났다가 잡혀 왔다. 목을 베어 높은 곳

3_ 윤돈(尹暾): 1551~1611. 조선 중기의 문신이다. 임진왜란 때 피란길에 오른 임금을 따라가 모셨고, 명나라 장수들을 접대하였다.

4_ 보자기: 바닷가에 살면서 배를 타고 물고기를 잡아 생활하던 백성들을 말한다. 전쟁 중에는 수군에서 이들을 고용하여 배 다루는 일을 맡겼다.

에 걸었다.

하동 현감과 사천 현감이 왔다.

이순신의 휘하에서도 수많은 군사들이 도망치고 또 도망쳤다. 도망치다 잡히면 죽는다는 것을 알면서도 수군들이 계속 탈출하려 했던 까닭은, 전쟁이 두렵고 수군으로 복무하는 일이 너무나 고되고 위험했기 때문일 터다. 수군은 한 번 편입되면 대대손손 수군으로 복무해야 했기 때문에 천한 역(役)으로 여겨진 데다, 육군에 비해 복무 기간이 두 배나 길고 배 위에서 생활해야 하는 등 복무 여건도 상당히 열악했다. 그렇지만 이순신은 군대의 안정을 위해 도망친 군사는 처형한다는 원칙을 세웠고, 전쟁 기간 내내 이 원칙을 엄격히 지켰다.

배에 여인을 태운 남해 현령

1593년 5월 30일

종일 비가 오고 또 왔다. 오후 서너 시경 잠간 갰지만 또다시
비가 내렸다.

남해 현령 기효근이 내가 탄 배 옆에다 배를 대었다. 기효근
은 배에 어린 여자를 태워 놓고 남들이 알까 두려워하니 우습다.
나라가 위급한 일을 당한 때에 어여쁜 여자를 데리고 다닐 정도
이니 그 심사가 형편없고도 형편없다. 그런데 기효근의 대장인
수사 원균 또한 똑같은 짓을 하니 어쩌겠는가.

저녁에 조붕(趙鵬)이 와서 이야기를 나눴다.

1593년 9월 2일 맑음

보고서 초안을 써서 내려 주었다.

경상 우후 이의득과 이여념(李汝恬) 등이 와서 만났다.

저녁에 이영남[1]이 와서 선 병사[2]가 곤양[3]에 가서 공을 세
웠다는 소식을 전했다. 또 남해 현령이 체찰사에게서 문책을 받
았다고 했다. 가소로울 따름이다. 기효근이 막된 사람이란 것은

1_ 이영남(李英男): 1563~1598. 임진왜란 때 소비포 권관과 가리포 첨사 등을 역임하며 여러 해
전에서 활약한 장수이다. 1598년 노량 해전에서 전사하였다.

2_ 선 병사: 당시 전라도 병마절도사였던 선거이(宣居怡, 1550~1598)를 가리킨다. 선거이는 이
순신과 함께 출전했던 한산도 해전에서 큰 공을 세웠으며, 행주산성 전투를 비롯한 여러 전
투에서 왜적을 물리쳤다. 1598년 울산에서 왜적과 싸우던 중 전사하였다.

3_ 곤양(昆陽): 지금의 경상남도 사천시에 속한 옛 지명이다.

멀써 알고 있는 바다.

기효근(奇孝謹, 1542~1597)은 1590년부터 남해 현령으로 재직했으며, 임진왜란이 일어나자 원균의 부하로서 여러 전투에 참전해 공을 세웠다. 그 후 관직을 그만두고 고향으로 돌아가던 길에 왜적을 만나 바다에 몸을 던져 자살하였다. 그리하여 왜란이 끝난 뒤 전쟁을 다스린 공이 있는 신하로 표창을 받았다. 그런데 1592년 5월 2일 일기를 보면 "남해 현령은 왜적이 침입했다는 소식을 듣자마자 고을을 버리고 달아났다"고 하였고, 전쟁 중에 어린 여자를 배에 태우고 다녀 이순신의 비난을 샀다. 전투에서 세운 공과는 별개로, 나라의 녹을 먹는 신하로서 나라가 위급한 때에 어떻게 처신해야 하는지에 대한 이순신의 생각을 읽을 수 있는 일기다.

전쟁터에 첩을 데려온 순변사

1594년 11월 25일 흐림

새벽꿈에서 순변사 이일을 만났는데, 내가 쓸데없이 말이 많
았다.

"나라가 어려운 일을 당한 이때, 막중한 책임을 몸에 지고
있으면서 임금님 은혜에 보답하는 데 마음을 두지 않고, 꿋꿋이
음탕한 계집을 옆에 끼고서 관아에도 들어오지 않고 성 밖의 사
저에서 지내며 사람들의 비웃음을 사고 있으니 당신 생각에 어
떻소? 또 수군 소속의 여러 관아와 포구에 나누어 배정된 육지
전투용 무기를 그쪽에 달라고 독촉하기에 겨를이 없으니 이건 또
무슨 이치요?"

순변사는 말문이 막혀 대답을 못했다. 하품하고 기지개 켜
며 일어났더니 한바탕 꿈이었다.

식사를 한 뒤 관아 대청에 나가 공무를 보았다.

1595년 1월 21일 종일 가랑비 내림

이경명(李景明)과 장기를 두었다.

장흥 부사가 와서 그 편에 들으니 순변사 이일의 일처리가
너무도 형편없다. 나를 해치려 힘을 쏟는다니 우습고 우습다. 이
일은 서울에 있던 첩까지 관아에 데리고 왔다 한다. 더욱 놀랄
일이다.

이일(李鎰, 1538~1601)은 왜적이 침입했다는 급보가 전해지자마자 순변사로 임명되었을 만큼 조정의 신임을 받는 백전노장(百戰老將)이었다. 그러나 이순신과는 다소 껄끄러운 사이였던 것으로 보인다. 1587년에 이일은 함경북도 병마절도사를, 이순신은 함경북도 조산보(造山堡) 만호를 맡고 있었다. 당시 여진족이 이순신의 관할 지역을 기습해 조선군이 패배를 당한 일이 있었는데, 이일은 패전의 책임을 부하인 이순신에게 떠넘기려 하였다. 이 과정에서 이순신은 첫 번째 백의종군(白衣從軍)을 하게 된다. 두 사람 사이에 이런 일이 있었기 때문일까. 이순신은 이일의 처사에 개탄을 금치 못했다.

싸우지 않고 도망친 경상 우수사

1597년 8월 12일 맑음

아침에 보고서 초안을 고쳐 썼다.

저물녘 거제 현령과 발포 만호가 와서 명령을 들었다. 그 편에 배설이 겁을 내던 모양새에 대해 들었는데, 탄식을 억누를 수 없었다. 권세 있는 집안에 아첨하여 감당치도 못할 자리에 분수 넘치게 올라앉아 나랏일을 크게 그르치고 있는데도 조정에서 살피지 못하니 어찌할꼬!

보성 군수가 왔다.

1597년 8월 19일 맑음

모든 장수에게 임금님께서 내리신 교유서(敎諭書)에 절하라고 명하였다. 그러나 배설은 교유서를 공경히 맞이하지 않았다. 너무도 기막힌 일이라 이방과 수영 아전에게 곤장을 때렸다.

회령포 만호 민정붕(閔廷鵬)이 전선(戰船)에서 음식을 받아다 위덕의(魏德毅) 등에게 사사로이 주었으므로 곤장을 스무 대 쳤다.

1597년 8월 27일 맑음

그대로 머물렀다.

배설이 찾아왔는데, 두려움에 동요하는 기색이 또렷했다. 나는 벌컥 이렇게 물었다.

"수사는 피해 갔던 게 아닌가?"

1597년 8일 28일 맑음

왜적의 배 여덟 척이 생각지 않게 들어와 여러 배가 겁을 먹고 두려워했다. 경상 수사 배설은 적선을 피해 후퇴하려고 했지만 나는 흔들리지 않았다. 뿔나팔을 불게 하고 깃발로 지휘하며 추격했더니 왜적의 배는 물러가 버렸다. 갈두¹까지 쫓아갔다 되돌아왔다.

저녁에 장도(獐島)로 진영을 옮겼다.

1597년 8월 30일 맑음

벽파 나루에 머물면서 정탐군을 나누어 보냈다.

저물녘, 배설은 왜적이 크게 몰려올 것을 염려해 도망치기로 계획하고 휘하의 장수들을 불러 자기를 따르게 했다. 나는 그 속마음을 알아차렸지만 아직 제 뜻을 명백히 드러내지 않은 때에 앞서 나가는 것은 장수의 할 일이 아니라고 판단했다. 생각을 감추며 참고 있는 사이에 배설이 사내종을 시켜 바라는 바를 적은 글을 올렸는데, "병세가 몹시 위중하여 몸조리를 하고자 합니다"라고 씌어 있었다. 뭍으로 내려가 조리하라고 결제하여 보내자배설은 우수영에서 육지로 갔다.

1597년 9월 2일 맑음

배설이 달아났다.

1_ 갈두(葛頭): 지금의 전라남도 해남군 송지면 갈두리 일대이다.

1597년 7월 16일, 칠천량에서 또 한 번의 해전이 벌어졌다. 그러나 무리한 출전을 감행했던 조선 수군은 상대의 계략에 휘말려 처음으로 일본 수군에 참패하고 만다. 이 전투에서 통제사 원균은 물론 전라 우수사 이억기, 충청 수사 최호(崔湖) 등이 전사했다. 그렇지만 경상 우수사 배설(裵楔, 1551~1599)은 자기 휘하의 배 12척을 이끌고 도망쳐 목숨을 건졌다.

류성룡이 쓴 『징비록』에는, "배설이 지금의 전력으로는 일본 수군에게 반드시 질 것이며 칠천량은 바다가 얕고 좁아 배를 움직이기에 좋지 않으니 진영을 옮겨야 한다고 간언했지만 원균이 이를 묵살했다"고 씌어 있다. 아무리 이길 수 없는 싸움이기에 달아났다고 한들 배설이 장수로서 전투를 피해 도망친 죄를 면할 수는 없었을 것이다. 수군통제사로 복귀한 이순신이 자신을 문책할 것이 두려워 병을 핑계 대고 또 한 번 달아났던 배설은 결국 1599년 권율에게 붙잡혀 처형당했다.

산에 숨은 무안 현감

1597년 10월 21일

새벽 두세 시쯤부터 비가 오다 눈이 내리다 하였다. 바람이 너무나 차가워 배에 타고 있는 사람들이 추위 때문에 몸이 얼지는 않을지 걱정하느라 마음을 가라앉힐 수 없었다. 아침 여덟 시쯤 세찬 눈보라가 일었다.

정상명[1]이 와서 무안 현감 남언상이 들어왔다고 보고했다. 남언상은 원래 수군에 소속된 벼슬아치인데, 자기 한 몸 지키려고 꾀를 내어 수군 부대로 오지 않고 산골짜기에 몸을 숨겼다. 그런 일이 있은 지 벌써 달포가 지났는데, 왜적이 후퇴하고 나자 무거운 형벌을 받을까 두려워 비로소 나타났으니 그 정황이 너무나 어이없다.

오후 늦게 가리포 첨사와 배 조방장 및 우후가 와서 인사했다.

하루 종일 눈보라가 쳤다.

장흥 부사가 와서 묵었다.

1_ 정상명(鄭翔溟): 1545~?. 전라남도 여수 출신의 무관으로 이순신 휘하에서 훈련 관관(訓練判官) 등을 지냈다.

전쟁의 와중에 제 한 목숨 보전하려고 자기가 맡은 고을과 백성들을 버리고 달아난 지방 수령은 상당히 많았다. 남언상(南彦祥)은 이순신 앞에 나타난 며칠 뒤 의금부로 압송되었는데, 이때 남언상과 같은 죄목으로 잡혀 온 수령만 30여 명에 달했다. 언제나 사(私)보다는 공(公)이 우선이고, 자신의 목숨보다는 나라를 지키는 일이 먼저였던 이순신에게 남언상은 도저히 용납될 수 없는 인물이었을 것이다.

아첨으로 지위를 얻은 김억추

1597년 9월 8일 맑음

장수들을 불러 계책을 의논했다.

전라 우수사 김억추는 일개 만호 자리에나 겨우 적합할 뿐 변방을 지키는 장수가 될 만한 인물이 아니다. 그런데 좌의정 김응남[1]이 친분이 두텁다는 이유로 반대를 무릅쓰고 임명해 보냈으니 조정에 제대로 된 사람이 있다고 할 수 있겠는가! 다만 때를 만나지 못한 것이 한스러울 따름이다.

김억추(金億秋)는 임진왜란 중에 여러 번 사간원(司諫院)의 탄핵을 받았다. 왜적과 맞서 보지도 않고 미리 달아나 버린 장수이자, 사욕을 채우기 위해 부정을 저지른 지방 수령이었기 때문이다. 이러한 인물이 좌의정의 비호 아래 전라우도 수군을 이끄는 수사로 임명되었으니, 이순신의 분개도 무리는 아닌 듯하다.

1_ 김응남(金應南): 1546~1598. 조선 중기의 문신이다. 임진왜란 당시 의주로 피란한 선조를 따라가 모셨고, 임금이 서울로 돌아온 뒤에는 우의정과 좌의정을 역임하였다.

모두에게 참혹한 전쟁

피란 떠나신 임금님

1593년 5월 12일 맑음

본영의 정찰선이 들어오면서 순찰사의 공문과 명나라 시랑 송응창[1]이 보낸 패문[2]을 가지고 왔다.

사복시[3]의 말 다섯 필을 바쳐야 하니 보내라는 공문도 와서 병방 진무(兵房鎭撫)를 내보냈다.

오후 늦게 경상 수사가 왔다.

선전관 성문개(成文漑)가 왔다. 피란 떠나신 임금님의 사정을 자세히 전해 주는데 통곡을 억누를 수 없었다.

단단한 쇠를 써서 새로 제작한 총통을 비변사[4]로 보냈다.

검은 물소의 뿔로 만든 활과 과녁 및 화살을 성문개에게 주어 보냈는데, 성문개가 순변사 이일의 사위이기 때문이다.

저녁에 이영남과 윤동구(尹東耈)가 왔고, 고성 현령 조응도(趙凝道)도 왔다.

오늘 새벽에 전라좌도와 전라우도의 정찰병을 영등포 등지로 보냈다.

1_ 송응창(宋應昌): 1536~1606. 임진왜란이 발발하고 조선이 명나라에 구원군을 요청하자, 명나라 병부 좌시랑(兵部左侍郎)으로서 이여송 장군 등과 함께 조선에 온 바 있다.

2_ 패문(牌文): 중국에서 조선에 칙사(勅使)를 파견할 때, 칙사를 파견하는 목적과 일정 등 관련 사항을 기록하여 사전에 보내던 통지문을 말한다.

3_ 사복시(司僕寺): 조선 시대 왕실에서 쓰는 말이나 가마 등을 관리하던 관청이다.

4_ 비변사(備邊司): 조선 중·후기 국정 전반을 총괄한 실질적인 최고 관청이다. 임진왜란 당시 비변사는 전쟁 수행에 필요한 모든 정책을 결정하는 최고 기관의 역할을 하였다.

1593년 5월 14일 맑음

선전관 박진종(朴振宗)이 오자마자 선전관 영산령(寧山令) 예윤(禮胤)이 또 임금님의 유지를 가지고 왔다. 이들 편에 피란 가신 임금님 형편과 명나라 군대가 저지른 일에 대해 들었다. 마음이 아파 한숨이 나왔다.

우수사의 배로 자리를 옮겨 선전관들과 이야기를 나누면서 술을 몇 잔 주고받았다. 경상 수사 원균도 왔는데, 술을 지나치게 마셨음은 말할 것도 없다. 같은 배에 타고 있던 장수들이 하나같이 괴로워하고 또 못마땅해했다. 원균이 남을 헐뜯고 함부로 행동하는 것은 입에 담을 수 없을 정도다. 영산령은 술에 취해 거꾸러져 인사불성이 되었으니 우스웠다. 저녁이 되어 선전관 두 사람은 돌아갔다.

1593년 6월 12일 비가 오락가락함

밤 열 시쯤 변존서와 김양간(金良幹)이 왔는데, 세자께서 안녕치 못하시다는 이야기를 들었다. 근심과 걱정이 가시지 않는다.

영의정 류성룡과 지사 윤우신이 보낸 편지가 왔다.

승려 해당(海棠)도 왔다.

1594년 2월 12일 맑음

이른 아침 수영의 정찰선이 들어왔다.

아침 열 시경 적도로 진을 옮겼다.

오후 두 시쯤 선전관 송경령(宋慶苓)이 임금님의 유지 두 통과 비밀 편지 한 통, 모두 세 통을 가지고 진영에 이르렀다. 유지한 통에는 "명나라 군사 10만 명과 은 300만 냥이 올 것이다"라

직혀 있있고, 다른 한 동에는 "흉익한 왜적이 호남에 뜻을 두고 있으니 마음을 다해서 길목을 방어해 적을 차단해야 할 것이며, 형세를 살펴 무찌르라"고 씌어 있었다. 유지 안에서 나온 임금님의 비밀 편지는 "바다 위에서 해를 넘기며 나라를 위해 고생하고 있음을 내 항상 잊지 않고 있다. 공을 세운 장수와 군사들 가운데 큰 상을 받지 못한 자를 서둘러 보고하라"는 말씀이셨다.

선전관에게서 서울의 이러저러한 소식을 전해 듣고, 또 역적에 관한 일도 들었다. 위에서 밤낮으로 나라를 위해 근심하시고 부지런하게 애쓰신다는 이야기를 들으니 북받쳐 오르는 감정과 그리운 마음에 어찌 끝이 있겠는가.

영의정의 편지도 가져다주었다.

1592년 4월 14일 부산을 침공한 왜적은 25일에는 경상도 상주를, 28일에는 충청도 충주를 점령하며 무서운 기세로 북진했다. 이에 왕실 종친과 신하들은 선조에게 평양으로 피란할 것을 간청했다. 4월 30일 밤 선조는 궁궐을 떠났고, 사흘 뒤 서울은 왜적에게 함락되었다. 임진강 방어선마저 무너지자 선조는 평양에도 머물 수 없어 의주에 임시 행궁을 설치했다. 그리고 다음 해 10월에야 조선의 임금은 서울로 돌아왔다.
이순신은 임금께서 피란을 떠나셨다는 소식을 듣고 하루 종일 통곡했다고 하는데, 1592년 5월 10일 이순신이 임금께 올린 보고서에 그 정황이 보인다.
"어가(御駕)가 관서 지방으로 옮겨 갔다는 소식을 처음 알고, 놀라고 원통한 마음 끝이 없어 종일토록 서로 붙들고 오장이 다 타고 찢어진 듯 울음소리와 눈물이 한꺼번에 터져 나왔습니다."

헐벗고 굶주린 군사들

1593년 6월 3일 새벽에 맑았지만 오후 늦게 폭우가 쏟아짐

순찰사와 순변사 및 병사, 방어사[1]가 보낸 답장이 왔다. 각 도의 군대에 말이 5천 필을 넘지 못하는 곳이 많고, 군량도 거의 바닥났다고 한다. 왜적들이 방자하게 독기를 부리는 것이 날로 더해 가는데, 일마다 이 지경이니 어찌하면 좋단 말인가.

1594년 1월 19일 흐리다 오후 늦게 날이 갰지만 바람이 세게 불어 저물녘에 더욱 사나워짐

아침에 출발하였다. 당포 먼 바다에 이르러 바람을 타고 돛을 반쯤 펼쳤더니 순식간에 한산도에 도착하였다.

활터 정자에 앉아서 여러 장수와 이야기를 나누었는데, 저녁 때 수사 원균도 왔다. 소비포 권관에게서 들으니 영남에 속한 여러 배의 활 쏘는 군사와 노 젓는 선원들이 다 굶어 죽을 지경이라고 한다. 마음이 아파 차마 듣고 있기 어려웠다.

수사 원균과 공연수(孔連水), 그리고 이극함(李克諴)은 눈길을 주었던 여자들과 전부 사통(私通)하였다고 한다.

1594년 1월 20일 맑았지만 거센 바람이 너무 차가움

옷 없는 자들이 이 배 저 배에서 거북처럼 웅크리고 추위 때

1_ 방어사(防禦使): 조선 시대 전국의 군사적 요지에 파견되던 종2품 무관이다. 당시 전라도 방어사는 곽영(郭嶸)이었다.

문에 신음하는데, 그 소리를 차마 들을 수 없었다. 군량이 도착하지 않으니 이 또한 걱정이다.

낙안 현감과 우수사 우후가 와서 만났다. 늦게 소비포 권관, 웅천 현감, 진해 현감도 왔다.

병들어 죽은 사람들을 거두어 묻을 차사원[2]으로 녹도 만호를 정하여 보냈다.

1594년 5월 16일 흐리고 가랑비가 내리다 저녁에는 비가 쏟아지기 시작해 밤새 계속됨

지붕이 새는 탓에 마른자리가 없었다. 배에 있는 사람들은 그대로 배에 머물며 고생하고 있으니 몹시 염려가 된다.

곤양 군수가 편지를 보내왔다. 더불어 승려 유정[3]이 왜적 진영에 왕래하면서 묻고 답한 내용을 기록한 보고서가 이르렀는데, 보고 있자니 원통하고 분한 마음을 이길 수 없었다.

1594년 8월 11일

하루 종일 비가 퍼부었다. 밤에는 광풍이 휘몰아치고 폭우가 억수같이 쏟아졌다. 지붕이 세 겹이나 말려 올라가 비가 삼대처럼 새는 탓에 앉은 채로 밤을 새고 새벽을 맞았다. 양쪽 창문이 모두 바람에 부서져 젖었다.

2_ 차사원(差使員): 특별한 임무를 수행하기 위해 임시로 파견하는 관원을 말한다.
3_ 유정(惟政): 1544~1610. 임진왜란 때 활약한 승려로, 호는 사명당(四溟堂)이다. 전쟁이 발발하자 승군을 모집해 참전했으며, 여러 전투에서 공을 세웠다. 1594년 가토 기요마사(加藤淸正, 1562~1611)의 진영을 찾아가 몇 차례 강화 협상을 벌인 바 있다.

1595년 6월 9일 맑음

몸이 여전히 개운치 않아 걱정스럽다.

신 조방장, 사도 첨사, 방답 첨사가 편을 갈라 활쏘기를 했는데, 신 조방장 편이 이겼다.

저녁에 원수 휘하에 있는 군관 이희삼(李希參)이 임금님의 유지를 가지고 왔는데, 조형도가 '수군은 군사 한 사람에게 매일 식량 다섯 홉과 물 일곱 홉을 준다'고 임금님께 거짓으로 고했다 한다. 인간사 놀랍고 어처구니없기도 하지, 하늘과 땅 사이에 어찌 이처럼 남을 속이는 일이 있을 수 있단 말인가!

저녁에 정찰선이 들어와 어머께서 이질에 걸리셨다고 전했다. 답답한 마음에 눈물이 난다.

1595년 7월 10일 맑음

몸이 매우 불편했다.

느지막이 우수사를 만나 이야기를 나눴는데, 군량이 모자란다는 말을 여러 번 하였다. 어쩔 도리가 없으니 참으로 근심스럽다. 박 조방장도 와서 술을 몇 잔 마셨는데, 몹시 취하였다.

깊은 밤 수루 위에 누웠더니 초승달 빛이 수루를 가득 채웠다. 마음에 이는 생각들을 억누를 길이 없었다.

1596년 1월 23일 맑음

옷 없는 군사 열일곱 사람에게 옷을 나눠 주었다.

저녁에 가덕도에서 나온 김인복(金仁福)이 찾아왔기에 왜적의 정황이 어떠한지 물었다.

밤 열 시경 본영에서 아들 면이와 조카 완이, 최대성(崔大

晟), 신여윤(申汝潤), 박자방(朴自邦)이 왔다. 이 편에 어머니께서 안녕히 계시다는 편지를 받았다. 한없이 기쁘고 다행스러웠다.

눈이 두 치나 내렸는데 근래에 없던 일이라고 한다.

밤에 몸이 많이 좋지 않았다.

『조선왕조실록』에 따르면 조형도(趙亨道, 1567~1637)는 1595년 5월경 비변사 낭청(郎廳)으로서 영남 수군의 상황을 살피고, 수군이 처한 상황이 열악하다는 뜻에서 '수군은 군사 한 사람에게 매일 식량 다섯 홉과 물 일곱 홉을 준다'는 보고를 올렸다. 조형도의 보고가 있은 뒤, 비변사에서 임금께 수군을 구휼해 달라고 청할 정도였다. 그러나 군사들의 굶주림과 헐벗음의 실상은 이보다 훨씬 더 심각하였다. 이순신은 군사들이 전염병으로 수도 없이 사망하고, 남은 군졸들도 하루에 고작 두세 홉의 양식을 먹을 뿐이라 배고픔과 고달픔이 극에 달해 노를 저을 수도 활을 당길 수도 없는 지경이며, 바다에 떠 있는 배 위에서는 추위도 더욱 혹심하여 군사들이 모두 귀신 모양으로 변했다고 토로한 바 있다. 게다가 명나라 구원병이 도착한 후 조선의 군량은 명나라 군사들에게 우선적으로 공급되었기 때문에 조선군의 굶주림은 더욱 심해졌다.

왜적의 손에 부하를 잃고

1593년 7월 19일 맑음

이영남이 와서 진주, 하동, 사천, 고성 등지에 있던 왜적이 죄다 벌써 달아났다고 전했다.

저녁에 광양 현감이 진주에서 죽임을 당한 장수와 군사들의 명단을 보내왔는데, 보고 있자니 아프고 또 참담한 마음을 가눌 길이 없었다.

1594년 4월 9일 맑음

과거 시험을 마치고 방(榜)을 내붙였다.

조방장 어영담이 세상을 떠났다. 애통한 마음 어찌 말로 할 수 있겠는가.

1595년 7월 14일 오후 늦게 갬

군사들에게 휴가를 주었다.

녹도 만호 송여종에게 죽은 군졸들을 위해 제사를 지내 주라고 흰쌀 두 섬을 주었다.

이상록(李祥祿), 태구련(太九連), 공태원[1] 등이 와서 어머니께서 안녕하시다는 것을 알았다. 참으로 기쁘고 다행스럽다.

1_ 공태원(孔太元): 전라 좌수영의 진무이다. 1587년 전라도에 왜적이 침입했을 때 포로로 잡혀 갔다가 돌아왔으며, 일본어를 잘하였다.

1595년 8월 23일 맑음

체찰사가 머무는 곳으로 가서 조용히 이야기를 나누다 보니 체찰사는 백성을 위해 병폐를 없애야 한다는 생각을 많이 하고 계셨다. 그런데 호남 순찰사는 남을 헐뜯어 말하는 기색이 다분해 한탄스러웠다.

오후 늦게 김응서2_와 진주 촉석루3_로 가서 군사들이 싸우다 패한 곳을 둘러보았는데, 비통한 마음을 억누를 수 없었다. 얼마 후 체찰사가 나에게 먼저 가라고 하여, 배를 타고 소비포로 돌아와 정박하였다.

1597년 6월 25일 맑음

다시 무씨를 뿌리라고 명했다.

황 종사관이 와서 군대에 관한 일을 의논했다.

저녁에 서울 노비가 한산도에서 오는데, 그 편에 보성 군수 안홍국4_이 총탄을 맞아 죽음에 이르렀다는 소식을 들었다. 놀랍고 안타까운 마음 금할 길 없었다. 왜적은 한 놈도 잡지 못했는데 장수 둘을 먼저 잃고 말았으니 터져 나오는 한숨을 어찌하겠는가.

원수가 오늘내일 사이에 진영으로 돌아온다고 하였다.

2_ 김응서(金應瑞): 1564~1624. 임진왜란 때 여러 차례 공을 세운 무신으로, 1595년에는 경상
　　우도 병사를 맡고 있었다.

3_ 촉석루(矗石樓): 지금의 경상남도 진주시 본성동 남강(南江) 가에 있는 누각을 가리킨다. 임
　　진왜란 때는 진주성 방어의 지휘 본부로 쓰였다. 1593년 6월 29일 왜적이 진주성을 함락시
　　키고 진주 백성 6만여 명을 학살한 일이 있다.

4_ 안홍국(安弘國): 1555~1597. 조선 중기의 무신으로 이순신 휘하에서 선봉장으로 활약하였
　　다. 1597년 6월 19일 안골포 해전에서 전사하였다.

1597년 9월 18일 맑음

어외도(於外島)에 배를 대고 머물렀다. 내 배에 타고 있던 순천의 감목관5_ 김탁(金卓)과 수영 노비 계생이 총에 맞아 죽고 말았다. 박영남(朴永男), 봉학(奉鶴), 강진 현감 이극신(李克新)도 단환을 맞았지만 중상에 이르지는 않았다.

1598년 10월 2일 맑음

아침 여섯 시경 군사들을 출격시켰다. 내 휘하의 수군들이 선봉에 서서 한낮이 되도록 왜적과 싸워 적들을 많이 죽였다. 사도 첨사가 총에 맞아 전사했고, 이청일(李淸一)도 죽었다. 제포 만호 주의수(朱義壽), 사량 만호 김성옥(金聲玉), 해남 현감 유형(柳珩), 진도 군수 선의경(宣義卿), 강진 현감 송상보(宋尙甫)는 탄환을 맞았지만 목숨은 건졌다.

이순신은 왜적과의 전투가 끝나고 조정에 보고서를 올릴 때면 언제나 사상자의 이름을 일일이 기록하고 그 유가족에게 은혜를 베풀어 줄 것을 청하였다. 그리고 사망자의 시체를 고향으로 보내 장사 지내게 하고 부상자들이 치료를 받을 수 있도록 애썼다. 그는 부하들의 죽음을 가슴으로 애통해하는 상관이었다. 일기에 언급된 어영담은 돌림병에 걸려 진영 안에서 사망했는데, 이순신이 유달리 신뢰하여 모든 일을 의논하는 부하 중의 한 사람이었다. 그러한 어영담이 세상을 떠났으니 이순신의 상실감이 어떠했을지 짐작이 된다.

5_ 감목관(監牧官): 지방의 목장에 관한 일을 관장하던 관리를 말한다.

피란길에 돌아가신 숙모

1593년 5월 16일 맑음

각 관아에서 올린 공문들을 처리해 보냈다.

조카 해와 아들 회가 돌아갔다.

몸이 많이 불편하여 자리에 누워 끙끙 앓았다.

명나라 장수가 중도에서 시간을 끌며 머물고 있는데, 교묘한 꾀가 없지 않은 것 같다는 이야기를 들었다. 나라를 위한 걱정이 많고 많은데 일마다 이러하니 더욱더 한숨이 나오고 눈물이 흐른다.

낮에 윤 봉사로부터 서울 관동[1] 사시던 숙모께서 양주의 천천(泉川)으로 난리를 피해 가셨다가 그곳에서 돌아가셨다는 소식을 들었다. 통곡을 억누를 수 없었다. 어째서 요즈음 세상일은 이다지도 참혹한가. 장례는 누가 주관할는지. 대진(大進)이가 먼저 세상을 떠났다 하니 너무나 마음이 아프다.

임진왜란과 정유재란을 겪으며 조선의 인구는 급격히 감소하였다. 일본군이 엄청난 수의 조선인을 포로로 끌고 간 때문이기도 하지만, 이순신의 숙모처럼 피란길에 사망한 사람이나 왜적과 싸우다 목숨을 잃은 사람, 돌림병에 걸려 죽은 사람도 셀 수 없이 많았다.

1_ 관동(館洞): 지금의 서울시 종로구 명륜동 성균관(成均館) 일대를 가리키던 옛 지명이다.

돌림병으로 죽은 금산이

1594년 6월 5일 맑음

충청 수사, 사도 첨사, 여도 만호, 녹도 만호기 같이 외서 활을 쏘았다.

밤 열 시경 수영의 사내종 금산이, 그 처와 자식까지 모두 세 사람이 돌림병으로 죽었다. 3년 동안 눈앞에서 믿고 부리던 자들인데 하룻저녁에 죽고 마니 마음이 놀랐다.

오늘 무 밭을 갈았다.

송희립(宋希立)이 낙안, 홍양, 보성에 군량을 독촉할 일로 나갔다.

1593년부터 그 이듬해까지 이순신 진영에는 돌림병이 크게 번졌다. 4개월 동안 진영 안에서 돌림병으로 사망한 사람이 무려 1800여 명에 이르렀다. 군사든 백성이든 먹을 것이 부족해 굶주린 상태였기 때문에 돌림병에 감염되면 태반이 목숨을 잃었다. 이순신은 약을 마련하여 이들을 구호했지만 역부족이었고, 조정에 치료할 의원을 보내 달라고 간청하기도 하였다. 이러한 상황에서 자신이 믿고 부리던 금산이와 그 처자가 돌림병에 걸려 세상을 떠났으니 그 충격이 더욱 컸을 듯하다.

사람 고기까지 먹는 백성들

1594년 1월 14일 흐리고 바람이 셈

아침에 조카 뇌가 보낸 편지를 보았다. 설날에 아산 선산에서 차례를 올리려는데 무려 200여 명이 몰려들어 산을 둘러싸고 먹을 것을 구걸하는 바람에 제사를 나중으로 물렸다고 한다. 경악할 일이다.

느지막하게 동헌에 나가 임금님께 올릴 보고서에 관인(官印)을 찍었다. 의능을 천민 신분에서 벗어나게 해 달라는 공문도 함께 봉해 올렸다.

1594년 2월 9일 맑음

새벽에 우후가 배 두세 척을 이끌고 소비포 뒤편으로 띠풀을 베러 갔다.

아침에 고성 현감이 왔다. 당항포에 왜적의 배가 드나드는지 묻고, 또 백성들이 굶주릴 대로 굶주리다 서로 잡아먹는 참상에 대해 물었다. 백성들은 앞으로 어떻게 목숨을 보전하여 살아갈는지.

오후 늦게 활터 정자에 올라가 활을 여남은 순 쏘았다.

이유함(李惟緘)이 와서 돌아가겠다고 아뢰기에 자(字)가 무엇인지 물었더니 '여실'(汝實)이라고 했다.

순천 부사, 우조방장, 우후, 사도 첨사, 여도 만호, 녹도 만호, 강진 현감, 사천 현감, 하동 현감, 보성 군수, 소비포 권관 등도 왔다.

1597년 10월 9일 맑음

일찌감치 출발하여 우수영에 이르렀는데, 성 안팎으로 사람 사는 집이 하나도 없고 인적도 없었다. 보고 있으려니 마음이 아팠다.

흉악한 적들이 해남에 머물며 진을 치고 있다는 소식을 저녁에 들었다.

해질 무렵 김종려(金宗麗), 정조(鄭詔), 백진남(白振男) 등이 와서 만나 보았다.

왜적이 침입해 온 뒤 조선 백성들은 극심한 굶주림에 시달려야 했다. 전쟁으로 인해 국토가 황폐해져 농사를 지을 수 없는 데다, 곡식이 있다면 명나라 군사들에게 우선 보급해야 했기 때문에 배고픔에 지친 조선 백성 가운데 일부는 실제 사람 고기를 먹었다고 한다. 형제나 자식을 죽여 그 고기를 먹은 경우도 있었다고 하니, 당시 백성들의 삶이 얼마나 참혹했는지는 상상조차 하기 어렵다. 명나라 군사가 술을 마신 뒤 토한 찌꺼기를 핥아 먹기 위해 굶주린 백성들이 달려들었다는 기록까지 전한다. 몇몇의 욕심을 채우기 위해 시작되었으나 결국 무고한 백성이 희생되어야 하는 것, 전쟁의 참모습은 바로 이런 것이 아닐까 한다.

나라 안의 적

1593년 7월 9일 맑음

남해 현령이 또 와서 왜적들이 이미 광양과 순천을 분탕질하였다고 전했다. 그래서 광양 현감, 순천 부사, 송희립, 김득룡(金得龍), 정사립, 이설 등을 보냈다. 이 소식을 듣고는 뼛속까지 쓰라려 무어라 말을 할 수 없었다. 우수사 및 경상 수사와 함께 앞으로 일을 어찌할 것인지 의논하였다.

오늘 밤 바다 위로 뜬 달이 청명하다. 티끌 한 점 일지 않고 바닷물과 하늘빛이 한 가지 색인데, 시원한 바람도 언뜻 불었다. 뱃전에 홀로 앉아 있으니 백 가지 근심이 마음을 두들겼다.

밤 열두 시쯤 수영의 정찰선이 들어와 왜적의 소식을 전했는데, 실은 왜적이 그런 것이 아니고 영남의 피란민들이 왜적 차림으로 가장하여 광양에 쳐들어가 집집마다 분탕질을 한 것이라고 하였다. 진양에서 있었다던 일도 거짓이라고 했다. 그렇지만 진양의 일은 그럴 리 만무하다.

닭이 벌써 울었다.

1596년 7월 17일 비가 흩뿌림

충청도 홍산[1]에서 역적이 크게 일어나 적도들에게 홍산 현감 윤영현(尹英賢)이 잡혀가고 서천 군수 박진국(朴振國)도 끌려

1_ 홍산(鴻山): 지금의 충청남도 부여군에 속한 옛 지명이다.

갔다고 한다. 밖에서 온 적도 섬멸하지 못했는데 나라 안의 적이
이와 같으니 너무나 놀랍고 마음이 아프다.

남치온(南致溫), 고성 현감, 사천 현감이 돌아가겠다고 아뢰
었다.

1596년 7월 22일 맑음

순천 관리가 공문을 보냈는데, 충청도 홍산 지역에서 일어난
역적 무리가 참수되었다고 한다. 그러나 홍주 등 세 고을이 포위
되었다 가까스로 풀려났다고 하니 분통이 치민다.

낙안에서 교대할 배가 들어왔다.

1597년 8월 25일 맑음

당포의 보자기가 소를 훔쳐 끌고 가면서 왜적이 온다고 거짓
경보를 퍼뜨렸다. 나는 보자기가 사람들을 속인 줄 이미 알고 있
었으므로 거짓 경보를 퍼뜨린 두 놈을 잡아다 곧장 목을 베라고
명령했다. 군대 안의 질서가 크게 안정되었다.

1597년 10월 13일 맑음

배 조방장과 경상 우후가 찾아와 만났다.

얼마 후 임준영을 태운 정찰선이 도착해 왜적의 소식을 들었
다. 해남으로 들어가 그 땅을 차지하고 있던 적들은 초이렛날 우
리 수군이 내려오는 것을 보고 11일에 죄다 도망쳤지만, 해남 향
리 송언봉(宋彦逢)과 신용(愼容) 등이 왜적 사이로 들어가 왜놈
들을 끌고 와서 그 지방 양반들을 많이 죽였다고 이야기하였다.
원통하고 분한 마음을 억누를 수 없어 곧바로 순천 부사 우치

저,[2] 금갑 만호 이정표,[3] 제포 만호 주의수, 당포 만호 안이명(安以命), 조라 만호 정공청(鄭公淸) 및 군관 임계형(林季亨), 정상명, 봉좌태귀생(逢佐太貴生), 박수환(朴壽煥) 등을 해남으로 보냈다.

오후 늦게 배 조방장, 장흥 부사 전봉(田鳳) 등과 이야기를 나누었다.

오늘 낙오되었던 우수사 우후 이정충(李廷忠)을 처벌하였다.

저녁에 중군 김응함으로부터 섬 안에서 누군가가 산골짜기에 숨어 소와 말을 죽인다는 말을 듣고 황득중(黃得中)과 오수(吳水) 등을 보내 탐문하게 하였다.

1597년 10월 30일 맑음

아침 일찍 집 지을 터에 내려가 앉았더니 장수들이 와서 인사하였다. 해남 현감도 와서 왜적에게 붙었던 자들이 무슨 짓을 했는지 전해 주었다.

황득중에게 섬 북쪽 봉우리로 가서 집 지을 목재를 베어 오라 하였다.

저물녘에 왜적에 붙었던 해남 사람 정은부(鄭銀夫)와 김신웅(金信雄), 왜놈에게 우리나라 사람을 살해하라고 지시한 자 두 명, 사족(土族) 처녀를 겁탈한 김애남(金愛男) 등을 전부 처형했다.

2_ 우치적(禹致績): ?~1628. 임진왜란 당시 영등포 만호, 순천 부사 등을 지낸 장수로, 특히 노량 해전에서 큰 공을 세웠다. 전쟁 이후 충청 수사, 삼도수군통제사, 평안 병사 등을 지냈다.

3_ 이정표(李廷彪): 1562~?. 임진왜란 때 이순신 휘하에서 활약한 장수로, 전쟁 이후 전라 좌수사, 충청 병사, 포도대장 등을 역임하였다.

왜적이 일으킨 난리를 틈타 약탈을 자행하거나 반란을 일으킨 조선 사람도 여럿 있었다. 두 번째와 세 번째 일기에 언급된 홍산 역적 이몽학(李夢鶴)이 그 대표적인 예다. 이몽학 일당은 1596년 7월 초 새 왕조를 수립해 백성을 도탄에서 구제하겠다며 홍산 일대의 여러 고을을 습격하였다. 그러나 홍주 목사 홍가신(洪可臣, 1541~1615)이 이몽학 일당을 방어하는 데 성공하고, 이몽학의 일당 가운데 한 사람이 이몽학을 죽임으로써 반란은 일단락되었다. 왜적을 물리치는 데 온 힘을 기울여도 모자란 때에 나라 안의 적과도 싸워야 했다니, 당시 조선 사회가 얼마나 혼란했는지 눈앞에 선하다.

백성의 부역을 줄여 주어야

1596년 윤8월 14일 맑음

새벽에 두치에 이르렀더니 도체찰사와 부체찰사는 어제 벌써 도착해 묵었다고 하였다. 뒤쫓아 그곳에 다다라 소촌 찰방(召村 察訪)을 만나 보고 아침에 광양현에 도착했다.

지나온 곳마다 눈앞에 쑥대밭만 가득해 참혹한 모습을 차마 보기 어려웠다. 우선 전선을 정비하는 부역을 면제해 군사들과 백성들의 노고를 덜어 주어야겠다.

이순신은 부하들은 물론 주변의 백성에 대해서도 늘 마음을 썼다. 전쟁으로 인해 갖은 고생을 겪고 있는 백성들을 위해 이 일기에서처럼 부역을 줄여 주어야겠다고 생각했을 뿐 아니라, 전리품으로 얻은 쌀과 옷감을 피란민에게 나눠 주기도 하고, 갈 곳 없는 백성들을 거두어 수영에 속한 둔전에서 농사를 짓게 해 먹고살 방편을 마련해 주기도 하였다.

한산섬 달 밝은 밤에

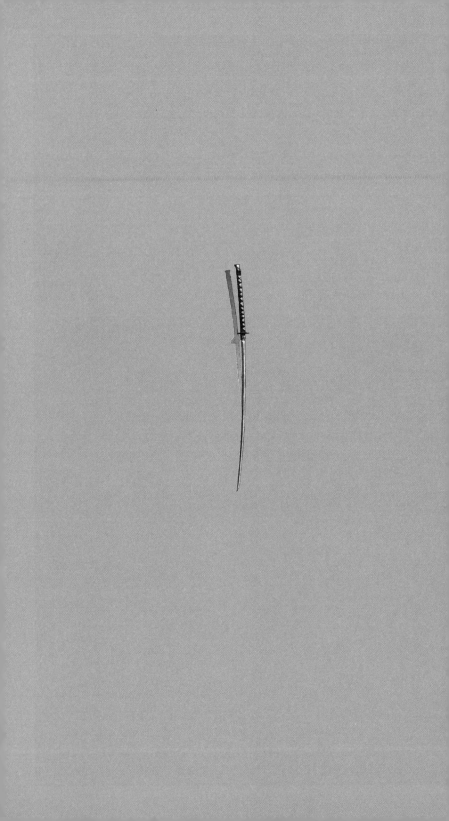

새해 첫날에

1592년 1월 1일 맑음

새벽에 아우 여필, 조카 봉, 아들 회가 와서 이야기를 나누었다. 다만 어머니와 떨어져 다시 남녘에서 설을 쇠니 가슴에 사무치는 안타까움을 이기기 어렵다.

병사 휘하의 군관 이경신(李敬信)이 와서 병사의 편지와 새해 선물, 긴 화살과 아기살 등 여러 가지를 바쳤다.

1594년 1월 1일 비가 퍼부음

어머니를 모시고 한 살을 더 먹었다. 이는 난리 가운데 다행한 일이다.

오후 늦게 군사들을 훈련시키고 전쟁에 대비할 일로 수영에 돌아왔다.

비가 그칠 줄 모른다.

1595년 1월 1일 맑음

촛불을 환히 켜고 홀로 앉아 있다가 생각이 나랏일에 미쳐 나도 모르게 눈물이 흘렀다. 또 여든의 병드신 어머니가 떠올라 애를 태우며 밤을 지새웠다.

새벽에 여러 장수와 군사들이 와서 해가 바뀌었음을 아뢰었다. 원전(元㙉), 윤언심(尹彦諶), 고경운(高景雲) 등이 와서 만나보았다.

군사들에게 술을 먹였다.

1596년 1월 1일 맑음

새벽 두세 시쯤 어머니 앞에 인사를 올렸다.

오후엔 남양(南陽) 사시는 숙부님과 신 사과[1]가 찾아와 이야기를 나누었다.

저녁에 어머니께 하직 인사를 올리고 수영으로 돌아왔다. 심사가 어지러워 밤새도록 잠들지 못했다.

우리들 대부분은 새해 계획을 세우거나, 자신과 주변 사람들의 평안을 기원하며 1월 1일을 보낸다. 새해 첫날을 맞이하는 이순신의 모습도 우리와 크게 다르지 않았다. 다만 전쟁이 한창인 가운데 가족과 멀리 떨어져 지내야 했으므로, 이순신은 누구보다 간절히 나라와 어머니의 안녕을 빌었다.

1_ 사과(司果): 조선 시대의 정6품 무관직이다. 직무는 없으며 봉록을 주기 위해 임명하던 관직이다.

수영(水營)에도 봄은 오고

1592년 2월 1일

새벽에 대궐을 향해 예를 올렸다.

안개비가 잠시 흩뿌렸고 느지막이 날이 갰다.

선창에 나가 쓸 만한 판자를 고르는데, 때마침 수장(水場) 안에 피라미 떼가 구름처럼 몰려들기에 그물을 펼쳐 2천여 마리를 잡았다. 장관이라 할 만하였다. 그러고는 전선 위에 앉아 술을 마시며 우후와 함께 새봄의 경치를 감상하였다.

1592년 2월 12일 맑고 바람이 잔잔함

밥을 먹고 동헌에 나가 공무를 보았다.

해운대(海雲臺)로 자리를 옮겨 활을 쏘다가 다들 꿩 사냥 구경에 빠져 주위가 몹시 조용하였다. 군관들이 모두 일어나 춤을 추고, 조이립은 시를 읊었다. 저녁이 되어 돌아왔다.

1592년 2월 19일 맑음

순시를 떠나 백야곶1_에 있는 감목관의 거처로 갔다. 승평2_ 부사가 아우를 데리고 나와 기다리는데, 기생들도 와 있었다. 비 온 뒤라 산에 꽃이 흐드러지게 피어 말로 표현하기 어려울 만큼 풍경이 아름다웠다.

1_ 백야곶: 지금의 전라남도 여수시 화양면 안포리에 있는 곳을 말한다.
2_ 승평(昇平): 지금의 전라남도 순천시에 속한 옛 지명이다.

저녁에 이목구미[3]에 다다라 배를 타고 여도로 갔다. 영주[4] 수령과 여도 권관이 나와서 맞이했고, 여도의 방비 상태를 점검하였다. 흥양 현감은 내일 제사를 지내야 한다며 먼저 나섰다.

1592년 2월 20일 맑음

아침에 여러 방비에 필요한 물건들과 전선을 점검했는데, 모두 새로 만든 것이었다. 무기도 다 그럭저럭 갖추어져 있었다.

느지막이 출발해 영주에 도착했더니 좌우의 산에 핀 꽃과 교외의 향기로운 풀들이 마치 그림 같았다. 옛날에 있었다던 영주도 그 경치가 이러했을까.

1592년 2월 21일 맑음

공무를 본 뒤 주인이 자리를 마련하여 활을 쏘았다. 정 조방장이 와서 인사했고, 황숙도도 와서 함께 취했다. 배수립(裵秀立)이 나와서 술잔을 주고받으니 더없이 즐거웠다. 밤이 깊어서야 자리가 끝났다.

신홍헌(申弘憲)에게 술을 걸러 어제 심부름하던 관아 하인들에게 나누어 먹이라고 하였다.

1596년 2월 16일 맑음

아침에 보고서 초안을 수정했다. 오후 늦게 관아로 나갔다.

3_ 이목구미(梨木龜尾): 지금의 전라남도 여수시 화양면 이목리 일대를 가리킨다.
4_ 영주(瀛洲): 지금의 전라남도 고흥군에 속한 옛 지명이다. 한편 영주는 봉래(蓬萊), 방장(方丈)과 함께 신선이 산다는 전설 속의 산을 가리키기도 한다. 그래서 이순신이 다음 일기에 '옛날에 있었다던 영주'라고 언급한 것이다.

장흥 부사, 우수사 우후, 가리포 첨사가 와서 같이 활을 쏘았다. 군관 등이 어제 내기 시합을 하여 진 쪽에서 한 턱을 냈는데, 거나해진 뒤에야 자리를 끝냈다.

오늘 밤은 많이 취한 탓에 잠을 이룰 수가 없었다. 앉았다 누웠다 하다 보니 새벽이 되었다. 봄날의 나른함이 나에게까지 찾아왔구나.

———

새봄의 꽃을 두 눈 가득 담는 이순신의 인간적 면모가 엿보이는 일기다. 아직 전쟁이 일어나기 전이어서였을까. 이순신은 관할 지역을 돌아보며 무기와 방비 상태를 점검하는 중에도 어느새 찾아온 봄을 느끼는 마음의 여유를 가지고 있었다.

전장에서 보낸 명절

1592년 3월 3일 밤새 비가 옴

오늘은 삼짇날이지만 이렇게 비가 내려 봄놀이를 할 수 없었다. 조이립, 우후, 군관들과 동헌에서 술잔을 기울이며 이야기를 나눴다.

1593년 3월 3일 아침에 비 내림

오늘은 바로 봄놀이를 하는 날인데, 모질고 고약한 적들이 물러가지 않아 군대를 이끌고 바다에 떠 있어야 했다.

명나라 군대가 서울에 들어왔는지 소식을 못 듣고 있으니 답답한 심정을 말로 다할 수 없다.

하루 종일 비가 내리고 또 내렸다.

1594년 11월 11일 동짓날

새벽에 대궐을 향해 예를 올리고, 군사들에게 팥죽을 먹였다. 우수사 우후와 정담수[1]가 와서 만났다.

1595년 8월 15일

새벽에 대궐을 향해 예를 올렸다.

우수사, 가리포 첨사, 임치[2] 현감 등 여러 장수가 함께 왔다.

1_ 정담수(鄭聃壽): 1550~1604. 조선 중기의 무신으로, 당시 어란 만호를 맡고 있었다.
2_ 임치(臨淄): 지금의 전라남도 영광군에 속한 옛 지명이다.

낮에 전라도, 경상도, 충청도의 활 쏘는 군사들과 선라쇄도 군사들에게 음식을 먹이고 하루 종일 장수들과 술을 마셨다.

오늘 밤 달빛이 희미하게 수루를 비춘다. 자리에 누웠지만 잠들지 못하고 긴긴 밤 시를 읊조렸다.

1595년 9월 9일 맑음

우수사 및 여러 장수가 다 모여 수영 군사들에게 떡 한 섬을 나눠 주었다. 저녁 여덟 시쯤 자리를 끝내고 돌아왔다.

1596년 3월 3일 맑음

이원룡이 수영으로 돌아오고, 오후 늦게 반관해(潘觀海)가 도착했다.

정사립 등에게 보고서를 쓰게 하였다.

오늘은 삼짇날이라 방답 첨사, 여도 만호, 녹도 만호, 남도 만호 등을 불러 술과 떡을 먹였다.

송희립을 우수사에게 보내 후회하고 있다는 뜻을 전하게 했는데, 정중히 답하였다고 한다.

1596년 5월 5일 맑음

오늘 새벽 억울하게 죽은 넋들을 위로하는 제사를 지냈다.

아침을 일찍 먹고 동헌으로 나갔다.

회령포 만호가 임금님께서 내리신 교서에 절한 뒤 여러 장수가 모여 예를 행했다. 그러고는 들어와 앉아서 위로의 술잔을 네 번 돌렸다. 술을 거의 절반쯤 마셨을 때 경상 수사가 군사들에게 씨름을 하게 했는데, 낙안의 임계형이 일등을 했다. 밤늦도록 군사들을 뛰놀게 한 것은 내가 즐겁고자 한 것이 아니라, 다만 오랫동안 애쓰고 있는 군사들의 노고를 풀어 주려는 생각에서 그리한 것이다.

1597년 9월 9일 맑음

오늘은 바로 9월 9일이니 1년 중의 좋은 명절이다. 나는 비록 어머니 상을 당해 상복을 입었지만 여러 장수와 군사들은 먹이지 않을 수 없는 터라, 제주에서 내온 소 다섯 마리를 녹도 만호와 안골포 만호에게 주어 먹이도록 하였다.

저물녘 왜적의 배 두 척이 어란포에서 감보도[3]로 직행하여 우리 수군의 숫자를 살폈는데, 영등포 만호 조계종(趙繼宗)이 끝까지 추격하였다. 적들은 허둥지둥하다가 형세가 급박해지자 배에 싣고 있던 여러 물건을 바다에 모두 던져 버리고 달아났다.

음력 3월 3일은 삼짇날 또는 답청절(踏靑節)이라고 하는데, 들에 나가 봄풀을 밟고 꽃놀이를 즐기는 날이다. 음력 9월 9일은 중양절(重陽節)이라고 하며, 이날은 산에 올라가 국화주를 마시는 풍습이 있다. 단오든 추석이든 동지든 이순신은 명절을 즐기기보다 부하 장수들과 군사들을 먹이고 그들의 노고를 풀어 주며 마음을 달래 주는 것이 먼저인 지휘관이자 어른이었다.

3_ 감보도(甘甫島): 지금의 전라남도 진도군 고군면 벽파리에 속한 섬이다.

항복한 왜인의 광대놀이

1596년 7월 13일 맑음

아침 열 시쯤, 일본으로 가는 명나라 사신을 수행할 신하들이 탈 배 세 척을 정돈하여 보냈다.

오후 늦게 활 열세 순을 쏘았다.

저녁에 항복해 온 왜인들이 광대놀이를 벌였다. 장수가 된 사람으로서 가만히 앉아 보고 있을 일은 아니었지만, 귀순한 왜인들이 간절히 마당놀이를 하고 싶다 하기에 금하지 않았다.

이순신은 엄격했지만, 한편으로는 너그러운 사람이었다. 항복한 왜인들에 대해서도 도망치거나 말썽을 일으키는 경우에는 엄중하게 처벌했지만, 한 번쯤은 광대놀이를 허락하여 그들의 소원을 들어줄 줄도 아는 장수였다.

한산섬 달 밝은 밤에 잠 못 이루고

1592년 8월 27일 맑음

영남 우수사와 상의하여 거제의 칠내도로 배를 옮겼다.

웅천 현감 이종인(李宗仁)이 와서 이야기를 나눴는데, 왜적의 머리 35급(級)을 베었다고 했다.

저녁에 제포와 서원포1를 건넜더니 벌써 밤 열 시가 되었다. 서풍이 차갑게 불어와 나그네 심사가 편치 않았다.

1593년 5월 13일 맑음

작은 산봉우리 정상에 과녁을 펼치고 여러 장수와 편을 나눠 활솜씨를 겨뤘다.

날이 저물어 배로 내려왔는데, 바다 달빛이 배를 가득 채웠다. 온갖 근심이 가슴을 두드려 홀로 앉아 뒤척대다 닭이 울고서야 잠깐 잠이 들었다.

1593년 7월 15일 맑음

오후 늦게 사량의 수색선과 여도 만호 김인영(金仁英) 및 순천의 김대복(金大福)이 들어왔다.

가을 기운 바다에 드니　　　　　秋氣入海

나그네 심사 어수선하네.　　　　客懷擾亂

1_ 서원포(西院浦): 지금의 경상남도 창원시 진해구 원포동 일대로 추정된다.

홀로 뜸2_ 아래 앉으니	獨坐篷下
마음 너무나 답답하구나.	心緒極煩
달빛 뱃전에 드니	月入船舷
정신 맑아지누나.	神氣淸冷
누워도 잠 못 이루니	寢不能寐
닭이 벌써 울었네.	鷄已鳴矣

1594년 5월 9일 비가 오고 또 옴

하루 종일 텅 빈 정자에 홀로 앉아 있노라니 수백 가지 생각이 마음을 뒤흔든다. 괴롭고도 심란한 이 마음 어떻게 표현할 수 있을까. 흐리멍덩하여 취한 듯 꿈꾸는 듯 바보 같기도 하고 정신 나간 사람 같기도 했다.

1594년 8월 13일 맑음

아침에 심준(沈俊)이 돌아가고 노윤발도 돌아갔다.

오전 열 시쯤 장수들을 이끌고 견내량으로 갔다. 사도 첨사에게 따로 날랜 장수들을 뽑아 춘원 등지로 보내서 적을 염탐해 사로잡아 무찌르라는 명령을 내리고 배를 몇 대 보냈다.

그대로 견내량에서 묵었는데, 달빛은 흰 비단 같고 바람도 파도를 일으키지 않았다. 해(海)에게 피리를 불게 하다 밤이 깊어서야 자리를 끝냈다.

2_ 뜸: 짚이나 부들, 대나무 등을 엮어 거적처럼 만든 것으로, 배의 덮개로 쓰였다.

1595년 7월 9일 맑음

오늘은 말복이다. 가을이 되어 날씨가 서늘해지니 마음속에 생각이 많아진다.

미조항 첨사가 다녀갔고, 웅천 현감과 거제 현령은 활을 쏘고 갔나.

밤 열 시가 되자 바다 달빛이 수루에 가득 찼다. 가을을 맞은 마음이 퍽 답답해져 오기에 수루 위를 배회하였다.

1595년 10월 20일 맑음

오후 늦게 가리포 첨사, 금갑 만호, 남도 만호, 사도 첨사, 여도 만호가 찾아와 술을 먹여 보냈다. 영등포 만호도 왔다가 저녁을 먹고 돌아갔다.

오늘 밤 바람이 몹시 쌀쌀하다. 차가운 달빛이 대낮처럼 환하여 자리에 누웠지만 잠들지 못했다. 이리저리 뒤척이며 밤을 지새우다 보니 온갖 근심이 가슴을 친다.

1596년 1월 13일 맑음

저물녘 경상 수사가 와서 견내량으로 배를 내보내겠다 하고 돌아갔다.

오늘 저녁 달빛이 대낮 같고 바람 한 점 일지 않았다. 홀로 앉아 마음에 고민을 품고 있으니 잠이 올 리 없었다. 신홍수(申弘壽)를 불러 통소 연주를 들었다.

1596년 3월 18일 맑지민 종일 동풍이 불어 날씨가 세법 쌀쌀함

느지막하게 동헌에 나가 백성들이 올린 진정서를 처리해 각 관아로 나누어 보냈다.

방답 첨사, 금갑 만호, 회령포 만호, 옥포 만호 등이 찾아와 활 열 순을 쏘았다.

오늘은 바다 위로 달빛이 어렴풋이 비치고 밤공기가 꽤 차가웠다. 누웠지만 잠을 이루지 못해 앉았다 누웠다 하느라 편히 쉬지 못했다. 다시 몸이 불편해졌다.

이순신은 자주 불면에 시달렸다. 나라를 구할 책임을 짊어진 장수로서 그 마음이 얼마나 무거웠을지, 그리하여 얼마나 많은 밤 번민에 휩싸여 뒤척였을지 짐작이 가고도 남는다. 이순신은 잠 못 이루는 밤에 종종 시를 지었다고 하는데, 대부분 일실(逸失)되고 「한산도가」(閑山島歌) 한 편이 현재 전한다.

한산섬 달 밝은 밤에 수루에 홀로 앉아,　　　　閑山島月明夜上戍樓
큰 칼 옆에 차고 깊은 시름 하는 차에,　　　　撫大刀深愁時
어디서 일성호가(一聲胡笳)는 남의 애를 끊나니.　　何處一聲羌笛更添愁

앞일을 일러 준 꿈

1593년 7월 29일 맑음

새벽에 남자아이를 얻는 꿈을 꾸었다. 포로로 삽혀간 아이를 되찾을 징조다.

순천 부사, 광양 현감, 사도 첨사, 홍양 현감, 방답 첨사를 불러 이야기를 나눴다. 홍양 현감은 학질을 앓고 있어 돌아가고, 남은 사람들끼리 조용히 앉아 있었다. 방답 첨사는 군사들을 매복시키는 문제로 돌아갔다.

1593년 8월 1일 맑음

새벽꿈에서 웅장한 대궐에 다다랐는데 그 모양이 꼭 서울의 궁궐 같았다. 나는 영의정과 대화를 나누었다. 이야기가 임금님께서 피란 가신 일에 미쳐 눈물을 뿌리며 탄식하였다. 왜적의 기세가 이미 사그라들었다고도 했다. 영의정과 이런저런 일을 의논하는 사이 우리 주위로 무수한 사람이 구름처럼 모여들었다. 그러다 잠이 깼다. 무슨 징조인지 모르겠다.

1594년 2월 5일 맑음

꿈을 꾸었다. 좋은 말을 타고 바위가 층층으로 쌓인 큰 고개로 쭉 올라갔더니 빼어나게 아름다운 산봉우리가 동서로 구불구불 이어져 있었다. 또 봉우리 위에 평평하게 펼쳐진 땅이 있어 머물 곳을 고르려다가 잠에서 깼는데, 무슨 조짐인지 모르겠다. 그리고 어떤 아름다운 여인이 홀로 앉아 무엇을 가리켜 보였는데

니는 옷소매를 뿌리치고 대꾸하지 않았다. 가소로운 일이나.

아침에 군기시[1]에서 활 만드는 데 필요한 검은 물소 뿔 100장(張)과 벚나무 껍질 89장을 받아 와, 그 숫자를 세어 보고 서명하였다.

발포 만호와 우수사 우후가 찾아왔다.

오후 늦게 활터 정자에 올라가 우조방장, 우수사 우후, 여도 첨사 등과 활을 쏘았다.

원수가 보낸 답장이 도착했는데, 명나라 유격장군 심유경[2]이 벌써 일본과 강화를 맺기로 마음을 정했다고 씌어 있었다. 그렇지만 왜적의 간사한 꾀와 교묘한 속셈이란 도무지 예측할 수가 없다. 지난번에도 그놈들의 술수에 빠진 적이 있건만 또 이렇게 빠져들고 마니 한숨만 나온다.

1594년 7월 27일 흐리고 바람이 붊

밤에 머리를 풀어 헤치고 곡을 하는 꿈을 꾸었다. 아주 좋은 징조라 한다.

오늘 충청 수사, 순천 부사와 함께 수루 위에서 활을 쏘았다. 충청 수사가 과하주(過夏酒)를 가지고 왔다. 나는 몸이 불편해 조금만 마셨는데도 속이 좋지 않았다.

1_ 군기시(軍器寺): 조선 시대에 무기 제작을 담당한 관청이다.
2_ 심유경(沈惟敬): ?~1597. 임진왜란 당시 조선에 파견되었던 명나라 사신이다. 유격장군(遊擊
將軍)으로서 일본군 장수인 고니시 유키나가와 강화 협상을 벌였으나 강화를 맺는 데는 실
패하였다.

1594년 9월 20일 새벽바람이 그치지 않고 비도 잠깐씩 내림

홀로 앉아 밤에 꾸었던 꿈을 떠올려 보았다. 바다 가운데 있던 외딴섬이 달려와 내 눈앞에 멈춰 서는데, 그 소리가 천둥이 치는 듯하여 사방이 놀라 달아나는 꿈이었다. 그러나 나만은 그 자리에 서서 처음부터 끝까지 그 광경을 지켜보며 매우 기뻐했으니, 이는 왜놈들이 조선에 화친을 빌고 스스로 멸망할 징조다. 또 내가 좋은 말에 올라 천천히 가는 꿈도 꾸었는데, 임금님께서 나를 부르신다는 명을 받고 올라갈 조짐이다.

충청 수사와 홍양 현감이 왔고, 거제 현령은 왔다가 곧 돌아갔다.

체찰사가 공문을 보내 '수군은 군량을 받아 계속 군사들을 먹이라' 하고, '가둬 두었던 친족과 이웃을 풀어 주라'고 하였다.

1594년 10월 14일 맑음

새벽에 꿈을 꾸었다. 왜적들이 항복을 빌며 구멍이 여섯 개인 총통 다섯 자루와 환도를 바쳐 왔다. 왜적의 말을 전해 준 자는 김서신(金書信)이라 했다. 왜놈들은 무기를 전부 바치고 투항하였다.

1594년 11월 8일 새벽에 비가 잠깐 흩뿌리고 오후 늦게 갬

배 만들 목재를 운반해 왔다.

새벽꿈에 영의정을 보았는데, 그 모습이 달라진 데가 있는 듯했다. 나는 관을 벗은 채로 영의정과 함께 민종각(閔宗慤)의 집에 가서 이야기를 나눴다. 그러다 잠이 깼는데, 이 꿈이 무슨 징조인지 모르겠다.

1595년 2월 9일 비 내림

꿈을 꾸었다. 서남쪽 한편에 붉기도 하고 푸르기도 하며 그 모양이 구불구불 굽은 용이 걸려 있었다. 나는 혼자서 보고 있다가 용을 가리키며 다른 사람들에게도 보라고 하였다. 그렇지만 사람들은 용을 보지 못했다. 고개를 돌리는 사이에 용은 벽 틈으로 들어가 그대로 그림 속의 용이 되었다. 한참을 어루만지며 감상했는데, 용의 빛깔이 변하고 형상이 움직였으니 기이하다고 할 만했다. 유달리 상서로운 점이 많아 적어 둔다.

1596년 7월 10일 맑음

새벽에 꿈을 꾸었는데, 어떤 사람은 멀리 화살을 쏘고, 또 어떤 사람은 다 해진 삿갓을 발로 차고 있었다. 나 스스로 미루어 생각해 보니 화살이 멀찍이 나간 것은 왜적들이 멀리 달아날 조짐이었다. 또 망가진 삿갓을 발로 찬 것은 머리에 쓰는 삿갓이 발길질을 당한 것이라, 삿갓을 쓰는 자란 곧 왜적의 두목이니 왜적들을 모두 무찌를 징조였다.

오후 늦게 체찰사가 전령을 보내 황 첨지가 지금 명나라 사신을 모시고 따라가는 사행단의 정사(正使)가 되고 권황이 부사(副使)가 되어 조만간 바다를 건널 것이니, 그들이 타고 갈 배 세 척을 정비해 부산에 대어 두라고 하였다.[3]

3_ 황 첨지·권황(權滉): 황 첨지는 황신(黃愼, 1562?~1617)을 가리킨다. 1596년 명나라 사신 양방형(楊邦亨)과 심유경 등을 따라 통신사(通信使)의 정사로 일본에 다녀왔다. 이때 있었던 일을 기록하여 『일본왕환일기』(日本往還日記)를 남겼다. 권황(1543~1641)은 조선 중기의 문신으로 1596년 통신사의 부사 물망에 오른 바 있다. 그러나 실제 부사로 일본에 다녀온 사람은 박홍장(朴弘長, 1558~1598)이다.

경상 우후가 여기 와서 흰 무늬 돗자리 150장을 빌려 갔다.

충청 우후, 사량 만호, 지세포 만호, 옥포 만호, 홍주 판관, 전(前) 적도 만호 고여우(高汝友) 등이 와서 만나 보았다.

경상 수사가 긴급 보고를 올렸는데, 춘원도에 왜선 한 척이 와서 정박하고 있다고 하였다. 그리하여 상수들 중에 몇 사람을 정해 춘원도로 가서 수색하라고 명령을 내렸다.

잠 못 들고 뒤척이던 밤이 많아서였을까. 이순신은 깊은 잠을 이루지 못하고 자주 꿈을 꾸었다. 그런데 일기를 보면 이순신은 꿈속에서도 나라 걱정을 하고, 더욱이 꿈에 보인 일들을 나라의 앞날과 연관 지어 좋은 징조로 해석하려고 하였다. 나라에 닥친 어려움이 어서 해결되기를 바라는 그 간절함이 여기서도 보인다.

몸이 아파 신음하여도

1592년 4월 2일 맑음

식후에 몸이 썩 좋지 않더니 통증이 점점 심해졌다. 밤새도록 신음하였다.

1592년 4월 3일 맑음

어지럼증이 나서 밤새 고통에 시달렸다.

1592년 4월 4일 맑음

아침에 비로소 통증이 잠시 멎었다.

1593년 5월 18일 맑음

이른 아침 몸이 몹시 불편해 온백원[1] 네 알을 먹었다. 얼마 후 배 속에 가득 차 있던 것들을 시원하게 쏟아 냈다. 그러자 몸이 편안해지는 듯하였다.

사내종 목년이가 해포[2]에서 왔는데, 그 편에 어머니께서 안녕하시다는 소식을 들었다. 곧바로 답장과 미역 다섯 동을 집으로 보냈다.

전주 부윤(府尹)이 이제부터 순찰사와 절제사[3]를 겸직하게 되었다며 공문을 보냈는데, 관인이 찍혀 있지 않았다. 그 까닭을

1_ 온백원(溫白元): 속이 더부룩하고 아플 때 먹는 약이다.
2_ 해포(蟹浦): 지금의 충청남도 아산시 인주면 해암리에 속한 포구이다.

모르겠다.

대금산⁴과 영등포 등지에서 적의 동정을 살피는 군사들이 와서 보고하기를, 왜적이 출몰하기는 하지만 별 대단한 음모는 없는 것 같다고 하였다.

1593년 8월 10일 맑음

아침에 방답의 정찰선이 들어와 임금님의 유지와 비변사에서 보낸 문서 및 관찰사가 보낸 공문을 모두 전해 주었다.

해남 현감과 이 첨사가 왔고, 순천 현감과 광양 현감도 왔다.

우수사가 초대하여 그 배로 갔더니 해남 현감이 술자리를 마련해 놓았다. 그렇지만 몸이 편치 않아 간신히 앉아서 이야기만 나누다가 돌아왔다.

1593년 8월 12일 비가 오다 맑았다 함

몸이 많이 좋지 않아 하루 종일 누워서 끙끙 앓았다. 식은땀이 시도 때도 없이 흘러 옷을 적셨지만 온 힘을 다해 앉아 있었다.

순천 부사, 우수사, 이 첨사가 와서 내내 장기를 두었다.

수영의 정찰선이 들어와 어머니께서 안녕하시다는 소식을 전했다.

3_ 절제사(節制使): 조선 시대 해당 지역에 군사적인 명령을 내리거나 군대를 감독하던 정3품 무관직으로, 그 지방 수령이 겸직하였다.
4_ 대금산(大金山): 지금의 경상남도 거제시 장목면과 연초면에 걸쳐 있는 산을 말한다.

1593년 8일 13일

수영으로 온 공문들을 처리해 보냈다.

몸이 몹시 불편하여 뜸 아래 혼자 앉아 있었는데, 마음속에 생각이 만 갈래였다.

보고서를 올리기 위해 이경복(李景福)을 내보냈다.

송두남이 군량미 300섬과 콩 300섬을 싣고 왔다.

1593년 9월 7일 맑음

아침에 목재를 거두어 들였다.

방답 첨사가 찾아왔다.

순찰사에게 폐단에 대해 적은 공문과 군대를 개편하자는 내용의 공문을 보냈다.

하루 내내 홀로 앉아 있었더니 심사가 편치 못했다. 저녁이 되어도 고대하던 정찰선이 오지 않았다. 해 저문 뒤에 가슴이 답답하도록 열이 나서 창문을 열어 두고 잤더니 머리에 바람을 많이 쐬었다. 몹시 아플 듯하여 걱정이다.

1594년 3월 7일 맑음

몸이 많이 좋지 않아 누워서 뒤척거렸지만 편안해지질 않았다. 하인더러 패문에 대한 답서를 쓰게 하였는데, 모양새가 격에 맞지 않았다. 수사 원균이 손의갑(孫義甲)을 시켜 지어 보게 했지만, 그 또한 영 마음에 차지 않았다. 나는 안간힘을 다해 아픈 와중에도 일어나 앉아서 글을 짓고 정사립에게 글씨를 쓰게 하여 보냈다.

오후 두 시쯤 배를 출발시켜 한산도 진영에 다다랐다.

1596년 4월 19일 맑음

습열(濕熱)이 나서 침을 스무 군데 남짓 맞았더니 가슴이 답답하고 열이 올랐다. 하루 종일 방에 들어가 꼼짝하지 않았다.

저녁에 영등포 만호가 와서 만나 보고 돌아갔다. 사내종 목년이, 금화, 풍진이가 와서 인사하였다.

오늘 아침 남여문(南汝文)에게서 도요토미 히데요시[5]가 죽었다는 말을 들었다. 기뻐 마지않은 일이나 곧이 믿을 수는 없었다. 이 소문이 진작 퍼졌지만 아직 확실한 기별이 오지 않은 때문이다.

1597년 8월 20일 맑음

배가 드나드는 어귀가 좁아 이진[6] 아래에 있는 창고 부근으로 진영을 옮겼다.

몸이 몹시 불편하여 밥도 못 먹고 끙끙 앓았다.

1597년 8월 21일 맑음

새벽 두세 시경 구토와 설사가 났다. 찬 기운을 쐬어서 그런가 하여 소주를 마시고 몸조리를 했는데, 인사불성이 되어 거의 죽을 뻔하였다. 구토를 여남은 번 했고, 밤새 고통에 시달렸다.

5_ 도요토미 히데요시(豊臣秀吉): 1536?~1598. 일본의 무장(武將)이자 정치가로 여러 세력이 다툼을 벌이던 일본 열도를 통일하고 일본의 실질적인 최고 권력자가 된 인물이다. 명나라 정벌을 위해 길을 빌려 달라는 구실로 조선을 침략하여 임진왜란을 일으킨 장본인이기도 하다.

6_ 이진(梨津): 지금의 전라남도 해남군 북평면 이진리 일대를 가리킨다.

1597년 8월 22일 맑음

구토와 설사 때문에 정신을 차리지 못할 정도였다. 방귀도 나오지 않았다.

1597년 8월 23일 맑음

병세가 너무 위중해져 배에서 머물기가 불편했다. 실제 전쟁터도 아닌지라 배에서 내려 포구 밖에서 잤다.

『난중일기』에는 몸이 좋지 않았다는 일기가 여러 편 실려 있다. 전쟁이 장기화되면서 이순신은 육체적으로도 상당한 고통을 겪었던 듯하다. 50세 즈음의 나이에 7년 동안 배 위에서 생활하며 수도 없이 해전을 치러야 했으니, 그 얼마나 고된 날들이었을지 보통 사람으로서는 짐작하기도 어렵다.

점괘에 위안을 얻고

1594년 7월 13일 비가 주룩주룩 내림

혼자 앉아서 아들 면이의 병세가 어떤지 염려하다 척사점을 쳐 보았다. '임금을 뵙는 것 같다'는 점괘를 얻었다. 참으로 길한 괘였다. 다시 점을 치자 '밤중에 등불을 얻는 것 같다'는 괘가 나왔다. 두 점괘가 모두 길해서 조금은 마음이 놓였다. 또 영의정 류성룡의 일로 점을 쳤는데, '바다에서 배를 얻는 것 같다'는 괘를 얻었다. 두 번째 점에서는 '의심하다가 기쁨을 얻는 것 같다'는 괘가 나왔으니 매우 길하다.

밤새 비가 내렸다. 혼자 앉아 있자니 마음속에 이는 생각들을 억누를 수 없었다.

오후 늦게 송전(宋荃)이 돌아가면서 소금 한 섬을 보내 주었다. 마량1ᴸ 첨사와 순천 부사가 오후에 나를 만나러 왔다가 해 저문 뒤에 돌아갔다.

비가 계속 올지 날씨가 갤지 점을 쳐 보았는데, '뱀이 독을 토해 내는 것 같다'는 괘가 나왔다. 앞으로 큰비가 내릴 텐데 농사일이 걱정이다. 밤에도 비가 퍼붓듯 쏟아졌다.

저녁 여덟 시경 발포의 정찰선이 편지를 가지고 돌아갔다.

1594년 9월 28일 흐림

새벽에 촛불을 밝히고 홀로 앉아서 적을 잘 물리칠 수 있을지

1_ 마량(馬梁): 지금의 전라남도 강진군 마량면 일대로 마도진(馬島鎭)이 있었다.

를 점쳐 보았다. 첫 번째 점에서는 '활이 회살을 얻는 것 같다'는 괘를, 두 번째 점에서는 '산이 꼼짝 않는 것 같다'는 괘를 얻었다.

바람이 순하지 않아 흉도 안바다로 진영을 옮기고 거기서 잤다.

1596년 1월 10일 맑았지만 서풍이 세게 붊

이른 아침 왜적이 다시 도발할지를 점쳐 보았더니 '수레에 바퀴가 없는 것 같다'는 괘가 나왔다. 다시 점을 치자 '임금을 뵙는 것 같다'고 하였다. 다들 길한 괘라며 기뻐하였다.

밥을 먹고 대청에 나갔는데 우수사 우후와 어란포 만호가 찾아왔다. 사도 첨사도 왔다.

체찰사가 나누어 보내 준 여러 기물을 세 위장(衛將)더러 처리하게 하였다.

웅천 현감, 곡포 권관, 삼천포 권관, 적량² 첨사가 와서 만났다.

이순신이 쳤던 척자점(擲字占)이 무엇인지에 대해 몇 가지 견해가 나와 있지만, 어떤 방법으로 치는 점인지는 확실치 않다. 그러나 척자점이 어떻게 치는 점인가보다는, 이순신이 한 치 앞도 내다볼 수 없는 전쟁의 한가운데서 점을 치고 또 그 점의 결과에 기대어 잠시나마 위안을 얻으려 했다는 데에 주의를 기울여 볼 필요가 있지 않을까 한다. 이순신도 우리처럼 앞날에 대한 불안이 있었음을 헤아려 보자는 생각에서다.

2_ 적량(赤梁): 지금의 경상남도 남해군 창선면에 속한 옛 지명이다.

멀리서 그리는 가족

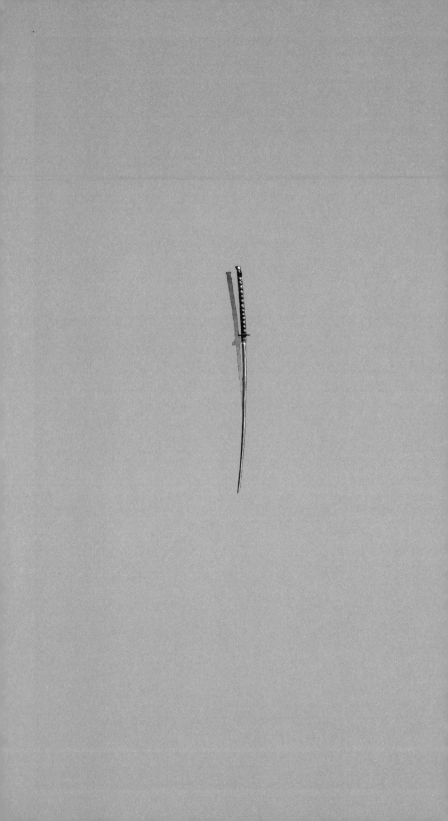

꿈에 뵌 아버지

1594년 11월 15일 맑음

봄날처럼 따뜻하니 음과 양이 질서를 잃었다.

오늘은 아버지 기일(忌日)이라 동헌에 나가지 않고 방 안에 혼자 앉아 있었다. 애통한 이 마음을 어찌 표현할 수 있겠는가.

아들 울이의 편지를 보니 어머니께선 평안하시다 한다. 다행이다.

영의정의 편지도 왔다.

1595년 1월 12일

밤 열두 시쯤 꿈을 꾸었는데 돌아가신 아버지께서 나타나셨다. 13일에 회가 초례(醮禮)를 치르러 가는 것은 사리에 맞지 않는 데가 있으니 4일에 보내면 괜찮을 것이라고 타일러 주셨는데, 평소와 꼭 같은 모습이셨다. 홀로 앉아서 꿈에 뵌 아버지를 떠올리니 그리움이 사무쳐 눈물을 참기 어려웠다.

1595년 7월 2일 맑음

오늘은 돌아가신 아버지 생신이다. 슬프고도 그리워 마음속으로 아버지를 생각하다 나도 모르게 눈물을 흘렸다.

오후 늦게 활을 열 순 쏘고, 또 쇠화살을 다섯 순 쏘았다. 아기살도 세 순 쏘았다.

1595년 11월 15일 맑음

아버지 기일이라 동헌에 나가지 않았다. 혼자 앉아 있자니
아버지가 그리워져 감정을 추스를 수 없었다.

이순신의 부친 이정(李貞)은 1583년 11월 15일 별세하였다. 당시 함경도 건원보(乾原堡)
군관으로 나가 있던 이순신은 다음해 1월에야 부친의 사망 소식을 들었다. 아버지의 부
음을 듣고 곧장 아산으로 달려가 삼년상을 치렀지만, 이순신은 임종을 지키지 못한 자
식으로서 아버지의 기일이나 생신이 되면 더욱 애통한 심정을 느꼈을 것이다.

머리 흰 아들의 어머니 생각

1593년 5월 4일 맑음

오늘은 어머니 생신인데, 어머니께 가서 오래 사시기를 빌며 술잔을 올리지 못하니 평생의 한이다.

1593년 6월 12일 비 오다 개다 함

아침에 흰 머리카락을 여남은 올 뽑았다. 머리 세는 것이 꺼려져서가 아니라, 다만 위로 늙으신 어머니가 계시기 때문에 그리하였다. 하루 종일 혼자 앉아 있었다.

사량 만호가 다녀갔다.

밤 열 시쯤 변존서와 김양간이 와서 의주 행궁[1]에서 보낸 기별을 보여 주었다. 동궁께서 안녕치 못하시다고 하니 걱정이 그치질 않는다.

영의정 류성룡이 보낸 편지와 윤 지사의 편지도 왔다.

종 갓동이와 철매 등이 병들어 죽었다 하니 가엾다.

승려 해당도 왔다.

밤에 수사 원균 휘하의 군관이 와서 명나라 군사 다섯 사람이 들어왔다는 소식을 전하고 갔다.

1_ 행궁(行宮): 임금이 서울의 궁궐을 떠나 있을 때 머무는 별궁(別宮)을 말한다.

1595년 5월 4일 맑음

오늘은 어머니 생신이다. 몸소 가서 잔을 올리지 못하고 홀로 먼 바다 가운데 앉아 있으니, 이 마음을 어찌 말로 표현하겠는가.

오후 늦게 활을 열다섯 순 쏘았다.

해남 현감이 인사하고 돌아갔다.

아들이 보낸 편지를 보니 요동 사람 왕작덕(王爵德)이 왕씨의 후예로서 군사를 일으키려 했다고 한다. 참으로 기가 막힌 일이다.

1595년 5월 13일 비가 퍼붓듯 내려 종일 그치지 않음

혼자 대청 가운데 앉아 있으니 생각이 만 갈래라, 배영수(裵永壽)를 불러 거문고를 타게 하고 조방장 세 사람을 오라 하여 이야기를 나눴다.

하루 걸릴 정찰선이 엿새가 지나도록 오지 않는다. 어머니 안부를 알지 못해 너무나 애가 탄다.

1595년 5월 15일 궂은비가 그치지 않아 한 치 앞도 분간할 수 없음

새벽꿈이 몹시 어수선했다. 어머니 소식을 듣지 못한 것이 벌써 이레째라 속을 태우고 마음을 졸였다. 게다가 조카 해가 잘 갔는지도 알 수 없다.

1595년 5월 16일 흐리고 비

아침에 정찰선이 들어왔다. 어머니께선 안녕하시다 한다. 그렇지만 아내는 집에 불이 난 뒤로 마음과 몸이 많이 상해서 가

래가 끓고 숨이 차는 병이 더욱 심해졌다고 하니 염려가 된다. 비로소 조카 해가 무사히 갔음을 알았다.

활을 스무 순 쏘았는데, 권 동지가 과녁을 잘 맞혔다.

1595년 5월 21일 흐림

오늘은 반드시 본영에서 사람이 올 터이다. 그렇지만 잠시라도 어머니 안부를 알지 못하면 걱정이 그치지 않아 종 옥이와 무재를 본영으로 보내고, 전복·밴댕이젓·어란을 어머니께 보냈다.

1595년 6월 9일 맑음

저물녘에 정찰선이 들어왔는데, 어머니께서 이질에 걸리셨다고 한다. 답답한 마음에 눈물이 흘렀다.

1595년 6월 12일 가랑비가 내리고 바람이 붊

새벽에 아들 울이 들어와 어머니 병환에 조금 차도가 있다는 소식을 들었다. 그래도 아흔의 연세에 이렇게 위중한 병을 얻으셨다니 염려가 되고 눈물이 난다.

이순신의 어머니 변씨(卞氏)는 현감을 지낸 변수림(卞守琳)의 따님으로 아들 넷을 낳아 길렀다. 이순신은 휘하의 군사나 집안의 노비, 아들과 조카를 통해 수시로 어머니의 안부를 확인하였다. 아버지께서 먼저 돌아가시고 형님들마저 일찍 세상을 떠난 탓에 더욱 애틋한 마음으로 늘 어머니를 걱정하고 또 그리워하였던 것 같다.

어머니의 당부

1594년 1월 11일 흐렸지만 비는 오지 않음

아침에 어머니를 뵙기 위해 배에 올랐다. 바람을 타고 곧장 고음천에 이르렀다. 남의길(南宜吉)과 윤사행(尹士行), 그리고 조카 분이가 동행하였다. 어머니 앞에서 아들이 왔다고 인사를 올리자 어머니께선 숨이 곧 끊어질 듯하셨지만 말씀에는 착오가 없으셨다. 적을 물리치는 일이 다급하므로 오래 머물 수 없었다.

1594년 1월 12일 맑음

아침을 먹은 뒤 어머니께 하직 인사를 드렸다. 어머니께서는 잘 가라고 하시며 나라의 치욕을 크게 씻어 내야 한다고 두 번 세 번 당부하실 뿐, 이별의 슬픔 때문에 한숨지으시는 모습은 조금도 없으셨다.

선창으로 돌아와서 몸이 좋지 않은 듯하여 바로 윗방으로 들어갔다.

1596년 윤8월 12일 맑음

하루 종일 노 젓기를 재촉해 밤 열 시쯤 어머니 앞에 도착하였다. 백발에 가냘프신 어머니께서 나를 보고 놀라 일어나셨다. 어머니와 나는 눈물을 머금고 서로 부둥켰다. 밤새 어머니 마음을 달래 드렸다.

1596년 윤8월 13일 맑음

곁에서 시중들며 아침밥을 올리니 어머니께서 퍽 기쁘고 즐거우신 기색이었다. 오후 늦게 인사를 올리고 수영으로 향했다. 여섯 시쯤 작은 배에 올라 밤새도록 바삐 노를 저었다.

1596년 10월 3일 맑음

어머니를 모시고 일행과 함께 배에 올라 본영으로 돌아왔다. 종일토록 어머니를 모셨으니 다행하고 다행한 일이다.

1596년 10월 7일 맑음

아침 일찍 어머니의 장수를 축하하는 잔치를 열었다. 어머니께서 종일 기뻐하시니 다행이다.

1596년 10월 9일 맑음

각 관아에서 올린 공문을 처리하여 보냈다.

하루 내내 어머니를 모셨다. 내일 진영으로 들어가야 하는 까닭에 어머니께선 자못 편치 않은 기색을 보이셨다.

본가가 있는 아산에서 멀리 떨어진 전라 좌수영에 머무는 날이 길어지자, 이순신은 1593년 어머니를 수영 부근의 고음천(古音川: 지금의 전라남도 여수시 웅천동 일대)으로 모셔 온다. 그러나 한산도로 진영을 옮긴 뒤에는 가까이 계신 어머니도 1년에 고작 한두 번 찾아뵐 수 있었던 듯하다. 그런데 이순신의 어머니 변씨는 아들과 헤어질 때 이별의 서운함은 감추고 나라의 치욕을 씻으라는 당부만을 거듭하였다고 하니, 훌륭한 아들 뒤에는 그보다 훌륭한 어머니가 계심을 실감하게 된다.

병든 아내

1594년 8월 27일 맑음

우수사와 여러 장수가 와서 활을 쏘았다. 흥양 현감이 술을 대접했다.

아들 울이가 보낸 편지를 보니 아내의 병이 심해졌다고 한다. 그래서 회를 내보냈다.

1594년 8월 30일 맑고 바람 없음

아침에 남해 현감 현즙(玄楫)이 와서 만났다. 오후 늦게 우수사와 장흥 부사가 왔다. 저녁에는 충청 우후, 웅천 현감, 거제 현령, 소비포 권관이 찾아왔고, 허정은(許廷誾)도 왔다.

오늘 아침 정찰선이 들어왔는데 아내의 병세가 몹시 위중하다고 한다. 생사가 이미 결정되었는지도 모르겠다. 나랏일이 이러한 지경이라 다른 일은 미처 생각할 수 없지만, 아들 셋과 딸 하나가 어떻게 살아갈는지. 마음이 아프고 아프다.

김양간이 서울서 왔는데, 영의정 류성룡의 편지와 심충겸[1]의 편지를 가져다주었다. 편지에는 분개의 마음이 가득했다.

수사 원균의 일은 너무도 해괴하다. 내가 머뭇머뭇하면서 전진하지 않는다고 했다 하니 천년을 두고 탄식할 일이다.

곤양 군수가 병에 걸려 돌아갔는데, 얼굴도 못 보고 보낸 것

1_ 심충겸(沈忠謙): 1545~1594. 조선 중기의 문신이다. 임진왜란 때 피란길에 오른 임금을 따라가 모시고 세자를 호위했으며, 호조 참판·병조 판서 등을 지냈다.

이 못내 아쉽다.

밤 열 시경부터 심사가 어지러워 잠을 이루지 못했다.

1594년 9월 1일 맑음

앉아도 누워도 잠이 오지 않아 촛불을 켜놓고 뒤척이다가, 이른 아침에 손을 깨끗이 씻고 단정히 앉아서 아내의 병세가 어떠한지 점을 쳤다. '승려가 환속하는 것 같다'는 괘가 나오고, 다음에는 '의심하다가 기쁜 일을 만난 듯하다'는 괘가 나왔으니 참으로 길하다. 또 병이 덜한지 어떤지, 그 소식이 나에게 전해질는지를 점쳤더니 '귀양 길에 친척을 만난 것 같다'는 괘가 나왔다. 이 또한 오늘 안에 좋은 소식을 듣게 될 기미다.

순무사 서성²⁻이 보낸 공문과 보고서 초안이 왔다.

1594년 9월 2일 맑음

아침에 웅천 현감과 소비포 권관이 와서 같이 밥을 먹었다. 오후 늦게 낙안 현감이 왔다.

저녁에 정찰선이 들어와 아내가 나아가고 있다고 전했다. 그렇지만 원기가 몹시 쇠약해졌을 텐데 몹시 걱정이 된다.

2_ 순무사(巡撫使) 서성(徐渻): '순무사'는 나라에 전쟁이나 반란 등이 일어났을 때 지방에 파견하던 임시 관직이다. 군사에 관한 일을 맡아보는 한편 민심 수습도 담당했다. 당시 순무사였던 서성(1558~1631)은 조선 중기의 문신으로 임진왜란 때 피란길에 오른 임금을 따라가 모셨으며, 명나라 장수 유정의 접대를 맡기도 하였다.

이순신의 부인 방씨(方氏)는 보성 군수를 지낸 방진(方震)의 외동딸로, 이순신이 스무살 무렵 혼인을 하였다. 방씨는 아마도 가장이 떠나 있는 집안을 맡아 애써 살림을 꾸려갔을 것이다. 그런 아내가 병이 들어 생사의 갈림길에 놓여 있다니, 눈앞의 나랏일 때문에 크게 내색하진 않았어도 병든 아내를 걱정하는 이순신의 안타까운 마음이 느껴지는 일기다.

아비의 마음

1594년 6월 11일 맑고 쇠도 녹일 것처럼 더움

아침에 아들 울이가 본영으로 갔다. 아들과 헤어지니 마음이 착잡하여 텅 빈 동헌에 홀로 앉아 있어도 감정이 다스려지지 않았다. 해 질 무렵엔 바람이 몹시 사나워 걱정이 더욱 깊어졌다.

충청 수사가 와서 활을 쏘았다. 저녁을 같이 먹고 달빛 아래서 이야기도 나눴다. 옥피리 소리가 맑아 한참을 앉아 있다 자리를 파했다.

1594년 6월 15일 맑다가 오후에 가랑비 내림

오늘 밤 소나기가 충분히 내렸다. 어찌 하늘이 백성을 도와주시는 것이 아니겠는가.

아들의 편지가 왔는데 잘 돌아갔다고 하였다. 그리고 한글 편지에 아들 면이가 더위를 먹어 심하게 앓는다는 소식이 있었다. 애가 탄다.

1595년 1월 21일

오늘은 바로 큰아들 회가 혼인하는 날이다. 얼마나 걱정이 되던지.

장흥 부사가 술을 들고 왔다. 하루 종일 가랑비가 내려 이경명(李景明)과 장기를 두었다.

1596년 2월 17일 흐림

나라에 제사가 있는 날[1]이라 공무를 보지 않았다.

밥을 먹고 나서 아들 면이가 수영으로 떠났다.

박춘양(朴春陽)과 오수는 조기 잡는 곳에 갔다.

어제 술을 마셔 봄이 편치 않았다. 저녁에 흥양 현감이 와서 이야기를 나누고 저녁밥도 함께 먹었다.

미조항에 있는 성윤문[2]에게서 안부를 묻는 편지가 왔다. 이제 관찰사의 공문을 받들고 진주로 부임하게 되어 다시 찾아가 보지 못할 것 같다고 하였다. 자기를 대신해 황언실(黃彦實)이 일을 맡을 것이라고도 했다.

웅천 현감이 보낸 답장은 임금님의 유서(諭書)가 아직 도착하지 않았다는 내용이었다.

저녁부터 서풍이 거세게 불기 시작하더니 밤새도록 잦아들지 않는다. 면이가 뱃길에 오른 것을 생각하니 걱정스런 마음을 억누를 수 없었다. 애타는 이 심정을 어찌 말로 다하겠는가.

봄 날씨가 사람을 괴롭혀 몸이 몹시 노곤하다.

1596년 2월 19일 맑고 바람이 셈

아들 면이가 잘 갔는지 밤새 마음을 졸였다.

저녁에 들으니 군량을 실은 낙안의 배가 바람이 거세어 사량에 정박했는데, 바람이 잠잠해지면 출발할 것이라고 하였다.

1_ 나라에 제사가 있는 날: 2월 17일은 조선의 4대 임금인 세종(世宗)의 기일이다.

2_ 성윤문(成允文): ?~?. 조선 중기의 무신으로 임진왜란 때 함경남도 병사와 경상우도 병사, 진주 목사, 경상좌도 병사 등을 지냈다.

오늘 새벽, 우리 진영에 있는 난여문 등에게 경상도 진영에 머물고 있는 항복한 왜인들을 묶어 와 머리를 베라고 하였다.

권 수사가 왔다. 장흥 부사, 웅천 현감, 낙안 군수, 우수사 우후, 사천 현감 등과 함께 부안에서 내온 술을 다 마셨다.

황득중이 가지고 있던 총통 만드는 쇠를 저울에 달아 무게를 잰 뒤 창고에 넣어 두었다.

1596년 7월 21일 맑음

느지막이 동헌에 나갔다. 거제 현령, 나주 목사, 홍주 판관, 옥포 만호, 웅천 현감, 당진포 만호가 왔다. 옥포에서 배를 만드는 데 필요한 양식이 없다고 하여 체찰사 소관의 군량 스무 말을 주었다. 웅천과 당진포에는 배 만드는 데 쓰는 쇠를 열다섯 근씩 주었다.

오늘 회가 방자(房子) 수에게 곤장을 쳤다는 이야기를 들었다. 그래서 회를 뜰아래 데려다 놓고 타일렀다.

밤 열 시쯤 땀이 몹시 흘렀다.

일본 가는 통신사(通信使)에서 요청한 표범 가죽을 가져오기 위해 본영에 배를 보냈다.

1596년 8월 4일 맑았지만 동풍이 세게 붊

아들 회와 면이, 그리고 조카 완이가 아내 생일에 술잔을 올리기 위해 길을 나섰다.

정선(鄭愃)도 나갔고, 정사립은 휴가를 받아서 갔다.

오후 늦게 누각에 앉아 아이들 가는 것을 보이지 않을 때까지 바라보다가 나도 모르는 사이에 몸이 상했다. 저물녘 대청에 나가 활을 쏘는데, 몇 순 쏘고 나자 몸이 몹시 불편해졌다. 그래서 활쏘기를 그만두고 안으로 들어왔다. 몸이 마치 꽁꽁 언 거북처럼 움츠러들어 곧바로 두꺼운 옷을 입고 땀을 냈다. 저녁에 경상 수사가 와서 병문안을 하고 갔다. 밤이 되자 통증이 낮보다 곱절로 심해져서 밤새도록 끙끙 앓았다.

이순신과 부인 방씨는 3남 1녀를 두었는데, 큰아들은 회(薈), 둘째는 울(蔚, 나중에 열葆로 이름을 바꿈), 셋째는 면(葂)이다. 또한 이순신은 형님들이 일찍 돌아가셨기 때문에 조카 여섯을 거두어 길렀다. 이순신의 아들과 조카들은 이순신이 머무는 한산도 진영과 여수의 수영 및 아산 본가 등을 오가며 이순신을 도와 전투에 참가하기도 하고 집안일을 돌보기도 하였다.

흔히 부모는 자식을 걱정하면서 아이를 물가에 내놓은 심정이라고 이야기한다. 늘상 배를 타고 바다를 건너는 아들과 조카를 보며 이순신은 얼마나 마음을 졸였을까. 자식을 걱정하는 아버지의 마음이 선연한 일기다.

염이 걱정

1593년 7월 29일 맑음

본영의 정찰선이 들어왔는데 염이의 병에 차도가 없다고 한다. 애가 탈 따름이다.

저녁에 보성 현감, 소비포 권관, 낙안 군수가 왔다.

1593년 8월 2일 맑음

아침밥을 먹고 나서 무언가 맺힌 듯 가슴이 답답해 닻을 올리고 포구로 나갔다. 정 수사[1]도 따라왔다. 순천 부사와 광양 현감이 찾아왔고, 소비포 권관도 왔다. 저녁에 진영으로 돌아왔더니 이홍명(李弘明)이 와서 저녁밥을 함께 먹었다.

날이 어두워지고 우수사가 내 배로 왔다. 방답 첨사가 고향에 가서 부모님을 뵙고 싶다고 간절히 이야기했으나 다른 장수들이 아직 보내 주겠다는 답을 하지 않는다는 이야기를 전했다. 그리고 수사 원균이 나에 대해 함부로 말을 해서 좋지 못한 일들이 많다고 했는데, 죄다 허튼짓이니 무슨 상관이겠는가.

아침부터 염이의 병세가 어떤지 알지 못하고 왜적을 물리치는 일도 지체되는 까닭에 마음의 병 또한 깊어져 밖으로 나가 마음을 누그러뜨리고 있는데, 정찰선이 들어왔다. 염이의 통증 부위에 종기가 생겨 침으로 째자 고름이 흘러나왔다고 전했다. 며

1_ 정 수사: 정걸(丁傑, 1514~1597)을 가리킨다. 옥포 해전, 한산도 해전, 부산포 해전 및 행주산성 전투 등에서 많은 공을 세운 장수로, 당시 충청 수사를 맡고 있었다.

칠 늦었더라면 목숨을 구하기 어려울 뻔했다 하니 놀라지 않을
수 없었다. 이제는 조금이나마 살아날 길을 얻은 셈이니 기쁘고
다행스런 마음 말로 다할 수 있겠는가. 의원 정종(鄭宗)의 은혜
가 참으로 크다.

이염(李荔)은 이순신이 서른셋에 얻은 막내아들이다. 나중에 이름을 면(葂)으로 바꾸
었다. 이염이 태어날 때 이순신은 함경도 동구비보(童仇非堡) 권관으로 재직하고 있었
으므로 막내의 출생을 곁에서 보지는 못하였을 것이다. 그래서 염은 아버지에게 더욱
눈에 밟히고 염려스런 막내아들이 아니었을까 싶다.

면아, 네가 죽고 내가 살다니

1597년 10월 14일 맑음

새벽 두 시쯤에 이런 꿈을 꾸었다. 내가 말을 타고 언덕 위를 지나가다가 말이 발을 헛디뎌 냇물 속으로 떨어졌다. 그래도 고꾸라지지는 않았고, 막내 면이가 나를 부축해 안는 모습이 보이는 듯하였다. 그러다 잠에서 깼는데 이 꿈이 대체 무슨 징조인지.

저녁에 천안서 온 어떤 사람이 본가에서 보낸 편지를 전해 주었다. 봉투를 열기도 전에 살과 뼈가 먼저 후들거리고 정신이 어찔했다. 겉봉을 대강 펼쳐 열(葆)이의 편지를 보니 바깥쪽에 '통곡'(痛哭) 두 글자가 씌어 있었다. 면이가 전쟁터에서 죽었구나. 나도 모르게 간담이 내려앉고 목이 메었다. 통곡하고 통곡할 뿐이었다.

하늘은 어찌 이토록 어질지 못하신가. 내가 죽고 네가 사는 것이 당연한 이치인데, 네가 죽고 내가 살았으니 무슨 이치가 이리도 어그러졌느냐. 하늘은 어둡고 땅은 컴컴하니 한낮의 해도 빛을 잃었구나. 슬프다! 우리 막내, 나를 버리고 어디로 간단 말이냐. 영특한 기질이 범상치 않아 하늘이 너를 세상에 남겨 두지 않은 것이냐. 내가 죄를 지어 그 화(禍)가 네 몸에 미친 것이냐. 이제 내가 세상에 남아 있은들 마침내 누구에게 의지한단 말이냐. 네 이름 부르며 울부짖을 따름이구나.

하룻밤이 1년 같았다.

1597년 10월 15일 종일 비 내리고 바람이 붊

누워도 보고 앉아도 보고 하루 내내 뒤척였다. 장수들이 와서 조문했지만 어찌 얼굴을 들 수 있겠는가.

임홍(林葒), 임중형(林仲亨), 박신(朴信)이 왜적의 형세를 살피기 위해 작은 배를 타고 흥양과 순천 앞바다로 나갔다.

1597년 10월 16일 맑음

우수사와 미조항 첨사를 해남으로 보내고, 해남 현감 유형도 보냈다.

내일이면 막내가 세상을 떠났다는 소식을 들은 지 나흘째가 되지만 마음대로 슬피 울지도 못하는지라 수영 안에 있는 강막지(姜莫只)의 집으로 갔다.

밤 열 시쯤 순천 부사, 우후 이정충, 금갑 만호, 제포 만호 등이 남해에서 돌아오면서 왜적의 머리 13급을 베어 왔다. 또 왜적에게 투항한 뒤 왜놈들을 끌고 와서 제 고향 사족들을 죽이게 한 송언봉의 머리도 베어 가지고 왔다.

1597년 10월 17일 맑았지만 하루 종일 바람이 거셈

새벽에 향을 사르고 곡을 하였다. 흰 띠를 두르고 있는 이 비통함을 어찌 견디겠는가.

우수사가 와서 만났다.

1597년 10월 19일 맑음

새벽에 고향 집 종 진이가 내려오는 꿈을 꾸었다. 죽은 막내가 생각나 슬피 울었다.

오후 늦게 조방장과 경상 우후가 왔다. 백 진사도 왔고, 임계형이 와서 인사하였다. 김신웅(金信雄)의 저, 이인세(李仁世), 정억부(鄭億夫)가 잡혀 왔다. 거제 현령, 안골포 만호, 녹도 만호, 웅천 현감, 제포 만호, 조라포 만호, 당포 만호, 우수사 우후가 찾아와 적을 잡았다는 공문을 올렸다.

윤건(尹健) 등 그 형제가 왜적에게 붙었던 자 두 명이 붙잡혀 왔다.

저물녘에 코피를 한 되 남짓 쏟았다. 밤에 앉아서 면이 생각을 하며 눈물을 흘렸다. 이 마음 어떻게 말로 표현할까. 이번 세상에선 영혼이 되었으니 결국 제 불효가 이리 막심한 줄도 모를 테지. 슬픔에 울부짖는 꺾이고 찢어진 심정 어찌 억누를 수 있으리오.

———

병에 걸려 아버지의 마음을 졸이게도 했지만 영특하였던 막내 이면(李葂). 그런 면이 아산에서 왜적과 싸우다 목숨을 잃었다. 부모가 되어 자식을 앞세우는 일보다 더한 슬픔이 있을까. 그 누구도 그 무엇도 위로할 수 없는 비통함에 장군 이순신은 그저 남몰래 눈물 흘릴 따름이었다.

백의종군의 길

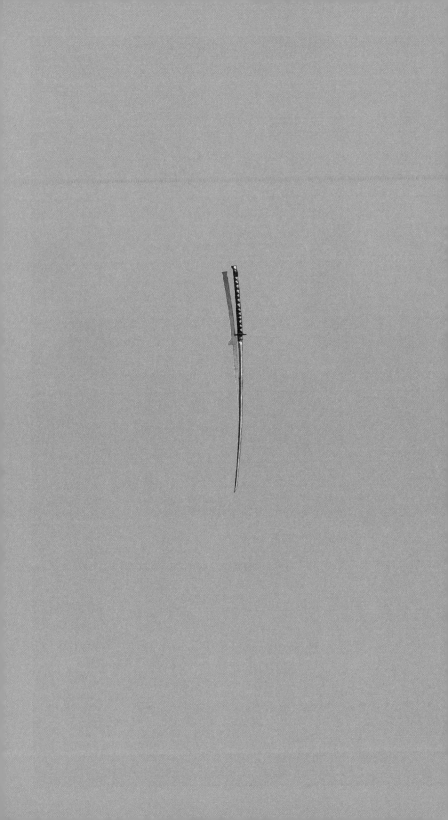

감옥 문을 나와

1597년 4월 1일 맑음

감옥 문을 나왔다.

남대문 밖 윤간(尹侃)의 종이 사는 집에 이르니 조카 봉이, 분이, 아들 울이와 윤사행(尹士行), 원경(遠卿)이 와 있어 다 같이 한방에 앉아 오래도록 이야기를 나눴다. 지사 윤자신[1]이 위문했고, 비변사 낭관(郎官) 이순지(李純智)가 와서 보고는 몇 번이나 탄식하였다. 지사는 돌아갔다가 저녁 식사 후에 술을 가지고 다시 왔는데, 그 아들 기헌(耆獻)도 함께 왔다. 마음으로 내게 술을 권하며 위로하기에 사양하지 못하고 억지로 마셨더니 몹시 취하였다. 영공(令公) 이순신[2]도 술병을 들고 와 함께 취하며 나에게 매우 정성스러웠다.

영의정이 종을 보냈고, 판부사(判府事) 정탁,[3] 판서 심희수(沈禧壽), 우의정 김명원,[4] 참판 이정형,[5] 대사헌(大司憲) 노직,[6]

1_ 윤자신(尹自新): 1529~1601. 조선 중기의 문신으로 임진왜란 당시 지돈녕부사(知敦寧府事), 형조 참판, 지의금부사(知義禁府事) 등을 지냈다. 정유재란 때는 종묘(宗廟)를 지키고 세자와 중전을 보필하였다.

2_ 이순신(李純信): 1554~1611. 조선 중기의 무신으로, 임진년 방답 첨사로 있을 때 이순신(李舜臣) 부대의 중위장을 맡아 여러 해전에 참가해 많은 공을 세웠다. 이후 충청 수사, 전라 병사, 경상우도 수사 등을 지냈다.

3_ 정탁(鄭琢):1526~1605. 조선 중기의 문신으로 임진왜란 때 피란 떠난 임금을 의주까지 따라가 모셨고, 우의정 등을 지냈다. 1597년 이순신이 투옥되자 이순신을 변호하는 상소문을 올려 이순신이 풀려나는 데 큰 역할을 하였다.

4_ 김명원(金命元): 1534~1602. 조선 중기의 문신으로 임진왜란이 일어나자 도원수로 임명되어 임진강 방어에 힘썼다. 이후 병조 판서와 우의정 등을 지냈다.

그리고 동지(同知) 최원7- 및 동지 곽영8-이 사람을 보내 안부를 물었다.

술기운이 올라 온몸이 땀으로 젖었다.

1597년 4월 2일 송일 비가 내림

조카들과 이야기를 나눴다. 방업(方業)이 음식을 차려 왔는데 아주 풍성했다.

붓 만드는 장인을 불러 붓을 매게 하였다.

저녁에 성안으로 들어가 영의정 류성룡과 밤새 이야기를 주고받았다. 닭이 울고 나서야 자리를 끝냈다.

1596년 가을, 도요토미 히데요시는 조선을 다시 침략하겠다고 선언했다. 그리고는 간첩 요시라를 보내 가토 기요마사가 바다를 건너 조선으로 진격하는 시기를 거짓으로 알렸다. 요시라의 말을 믿은 조선 조정은 이순신에게 가토 기요마사를 공격하라고 명령했으나, 이 정보를 의심한 이순신은 출전에 대해 신중한 자세를 보였다. 이순신을 게으른 장수로 여겨 왔던 선조는 이순신의 태도에 격노해 이순신을 옥에 가두라 명하였고, 평소 호감을 갖고 있던 원균을 삼도수군통제사에 임명했다. 그리하여 이순신은 1597년 2월 26일 압송되기 시작해 3월 4일 서울의 감옥에 갇혔다. 정탁 등이 구명을 위해 애쓴 끝에 4월 1일 감옥 문을 나왔지만, 이순신은 더 이상 삼도수군통제사가 아니요, 관직 없는 무관이었다.

5_ 이정형(李廷馨): 1549~1607. 조선 중기의 문신으로 임진왜란 때 황해도에서 의병을 일으켜 왜적을 물리친 바 있다. 좌승지(左承旨), 경기도 관찰사, 이조 참판 등을 역임하였다.

6_ 노직(盧稷): 1545~1618. 조선 중기의 문신으로 임진왜란 때 병조 참판 등을 지냈고, 명나라 장수를 접대하며 군사 문제를 논의하는 일을 맡기도 하였다.

7_ 최원(崔遠): ?~?. 조선 중기의 무신으로 전라 병사와 황해 병사 등을 지냈으며, 정유재란 때는 서울 방어를 담당하였다.

8_ 곽영(郭嶸): ?~?. 조선 중기의 무신으로 임진왜란 당시 전라도 방어사를 지냈다.

다시 남쪽으로

1597년 4월 3일 맑음

아침 일찍 남쪽을 향해 길을 나섰다. 금오랑¹⁻ 이사빈(李士贇), 서리 이수영(李壽永), 나장 한언향(韓彦香)은 먼저 수원으로 갔다. 나는 인덕원²⁻에서 말을 쉬게 하고 조용히 누웠다가 저물녘 수원에 다다라 경기도 체찰사 휘하의 이름도 모르는 병사 집에 묵었다. 신복룡(愼伏龍)이 우연히 왔다가 우리 일행을 보고는 술을 준비해 위로해 주었다. 수원 부사 유영건(柳永健)이 찾아왔다.

1597년 4월 5일 맑음

해 뜨자 길을 나서 고향의 선산으로 곧장 갔다. 두 번이나 산불을 겪은 나무들은 불에 타고 말라비틀어져 차마 보기 어려운 지경이었다. 무덤 아래서 절을 올리고 곡을 하는데, 한참 동안 일어서지 못하고 그렇게 있었다. 석양이 질 무렵 산에서 내려와 외가에 들러 사당에 절을 했다. 그리고 조카 뇌의 집으로 가서 조상님 사당에 곡을 하고 절을 올렸다. 남양의 숙부께서 돌아가셨다는 소식도 들었다. 저녁에 본가로 와서 장인어른과 장모님 신위(神位)에 절을 올리고 작은 형님과 제수씨 사당에도 가 보았다.

자려고 누웠지만 마음이 편치 않다.

1_ 금오랑(金吾郞): 조선 시대 의금부에 속한 관리를 말한다.
2_ 인덕원(仁德院): 지금의 경기도 안양시 동안구 관양동에 있던 역원이다.

1597년 4월 9일 맑음

마을 사람들 여럿이 술병을 들고 찾아와 먼 길 떠나는 이의 마음을 달래 주기에 거절하지 못하고 술에 흠씬 취한 뒤에야 자리를 끝냈다. 홍군우(洪君遇)와 이 별좌(別坐)가 노래를 했는데, 나는 듣고 있어도 슬겁지 않았다. 금오랑은 술을 잘했지만 흐트러짐이 없었다.

1597년 4월 20일 맑음

공주 정천동(定天洞)에서 아침밥을 먹고 저녁엔 이산³ 에서 묵었다. 고을 수령의 대접이 극진해 관아 동헌에서 잤다. 김덕장(金德章)과 우연히 만났다. 금오랑이 보러 왔다.

1597년 4월 22일 맑음

낮에 삼례역⁴ 아전의 집에 도착했다. 저녁에는 전주 남문 밖에 있는 이의신(李義臣)의 집에서 묵었다. 판관 박근(朴勤)이 찾아와 만났고, 전주 부윤도 후하게 대접해 주었다. 판관이 기름 먹인 종이와 생강 등을 보내왔다.

1597년 4월 27일 맑음

일찌감치 출발하여 송치⁵ 아래 다다랐더니 구례 현감이 사

3_ 이산(尼山): 지금의 충청남도 논산시에 속한 옛 지명이다.
4_ 삼례역(參禮驛): 지금의 전라북도 완주군 삼례읍에 있던 역원이다.
5_ 송치(松峙): 지금의 전라남도 순천시 서면에 있는 고개를 가리킨다.
6_ 정사준(鄭思竣): 이순신 휘하의 군관으로 일본군의 조총을 모방해 정철총통(正鐵銃筒)을 만든 바 있다.

람을 보내 점심을 지어 주었다. 그 사람을 돌려보내고 순천 송원(松院)에 이르자 이득종(李得宗)과 정선(鄭瑄)이 와서 인사했다. 저녁에 정원명(鄭元溟)의 집에 도착했더니, 원수가 내가 오는 것을 알고 군관 권승경(權承慶)을 보내 조문하였다. 권승경은 나의 안부를 묻고 정성 가득한 말로 나를 위로했다. 저녁에는 고을 수령이 찾아왔다. 정사준[6]도 와서 원균의 사리에 어긋나고 함부로 행동하는 꼴에 대해 많은 말을 했다.

감옥에서 나온 이순신은 백의종군(白衣從軍)을 명받는다. 백의종군이란 죄를 지은 장수나 관리에게 관직이 없는 상태로 종군하여 공을 세우게 하는 처벌인데, 이순신은 도원수 권율의 휘하로 가서 종군하게 된다. 이순신은 아직 죄인의 신분이었으므로 도원수가 머무는 남쪽으로 가는 길에 호송하는 의금부 관리들이 동행했다.

어머니 장례도 못 치르고

1597년 4월 13일 맑음

아침밥을 먹고 어머니를 모셔 오기 위해 바닷가로 가는 길에 올랐다. 길 어귀에 있는 홍 찰방 집에 들어가 잠깐 이야기를 나누는 사이, 울이가 종 애수를 보냈다고 하였다. 아직 배가 도착했다는 소식이 없었고, 마침 황천상(黃天祥)이 홍백(興伯)의 집에 왔다고 하기에 홍 찰방에게 작별을 고하고 홍백의 집으로 갔다.

얼마 후 종 순화가 배에서 와 어머니께서 돌아가셨다고 아뢰었다. 뛰쳐나가 가슴을 치고 발을 동동 구르고……. 하늘의 해조차 캄캄했다. 곧장 게바위1로 달려가 보니 배는 벌써 도착해 있었다.

슬픔으로 찢어진 이 마음, 글로 다 적을 수 없다.

1597년 4월 14일 맑음

홍 찰방과 이 별좌가 들어와 곡을 하고 관을 짰다. 관은 본영에 있던 것으로 마련해 왔는데, 조금도 흠이 없다고 했다.

1597년 4월 15일 맑음

저녁에 입관(入棺)을 하였다. 오종수(吳從壽)가 마음을 다해 장례를 도와주니 내가 죽어 가루가 되어도 그 고마움은 잊지 못할

1_ 게바위: 지금의 충청남도 아산시 인주면 해암리에 있는 바위이다.

깃이다. 친인 군수가 와서 어머니 가시는 길을 보살펴 주었다. 진경복(全慶福) 씨는 날마다 상복 짓는 일 등에 마음을 써 주신다.

슬픈 마음 어찌 말로 표현하겠는가.

1597년 4월 16일 궂은비가 내림

배를 끌어와 중방포2_에 대어 놓고 어머니 영구를 실어 본가로 돌아왔다. 고향 마을을 바라보니 눈물이 나고 가슴이 찢어진다. 이 심정을 어찌 말로 다하랴. 집에 이르러 빈소를 차리는데, 빗줄기가 거세졌다. 남쪽으로 갈 일도 다급하니 부르짖고 통곡하며 다만 어서 죽기만을 기다릴 뿐이다.

천안 군수가 돌아갔다.

1597년 4월 17일 맑음

의금부 서리 이수영이 공주에서 와 남쪽으로 떠날 것을 재촉했다.

1597년 4월 19일 맑음

이른 아침 길을 나서며 어머니 영전에 곡하고 인사를 올렸다. 천지간에 어찌 나 같은 일이 또 있겠는가. 어서 죽는 것만 못하다. 뇌의 집으로 가서 조상님 사당에 하직을 고했다.

길을 떠나 보산원3_에 이르니 천안 군수가 먼저 와 있어 냇가

2_ 중방포(中方浦): 지금의 충청남도 아산시 염치읍에 속한 포구이다.
3_ 보산원(寶山院): 지금의 충청남도 천안시 동남구 광덕면 보산원리 일대를 가리킨다.

에 말을 세우고 쉬었다. 임천(林川) 군수 한술(韓述)이 서울에 가느라 앞서 지나가다가 우리 일행이 왔다는 소식을 듣고는 조문하고 갔다.

아들 회와 면이, 조카 봉이, 해, 분이, 완이, 그리고 변 주부가 전안까지 따라왔고, 원인남(元仁男)도 와서 만났다. 모두와 헤어져 말에 올라 일신역⁴에 다다라 묵었다.

저녁에 비가 흩뿌렸다.

1597년 5월 4일 비가 옴

오늘은 어머니 생신이다. 서럽게 울밖에, 오늘을 어찌 견딜지. 닭 울 때 일어나 앉아 눈물만 흘렸다.

오후에 비가 퍼부었다.

정사준과 이수원(李壽元)이 왔다.

1597년 5월 5일 맑음

아침에 부사가 찾아와 만났다.

해 질 무렵 충청 우후 원유남(元裕男)이 한산도에서 왔는데, 원균의 어그러지고 터무니없는 행태를 많이 전해 주었다. 또 충청도 진영의 장수와 군사들이 이반(離叛)을 하여 앞으로의 정세를 예측할 수 없다고도 하였다.

오늘은 단오다. 하늘 끝 변방에 종군하느라 어머니 영전에서 멀리 떨어져 장례도 못 치르고 있으니 내 죄가 무엇이기에 이러

4_ 일신역(日新驛): 지금의 충청남도 공주시에 있던 역원이다.

헌 옹보를 받는딘 말인가. 가슴이 아파 미어진다.

1597년 5월 6일 맑음

꿈에 돌아가신 두 형님을 뵈었다. 두 분이 서로를 붙들고 통곡하시며 이렇게 말씀하셨다.

"어머니 장례도 못 치르고 천리 밖에서 종군하고 있으니 누가 어머니 장례를 주관한단 말이냐. 통곡한들 무슨 소용이겠니."

두 형님의 영혼이 천리 먼 곳까지 뒤따라와 이토록 근심하고 걱정하시니 비통한 마음을 금할 길 없다. 또 남원 땅의 추수 감독하는 일을 걱정하셨는데, 무슨 말씀을 하신 것인지 모르겠다. 요사이 날마다 꿈자리가 어수선한데, 이는 돌아가신 형님들의 영혼이 묵묵히 염려하시기 때문일 것이다. 마음이 너무나 아파 온다. 새벽부터 해 저물 때까지 어머니가 그리워 슬피 우니 눈물이 엉겨 핏방울이 되었다. 하늘은 어찌 이리 무심하게 나를 비춰 주지 않으시는가. 나는 어째서 빨리 죽지도 못하고 있단 말인가.

오후 늦게 능성 현감 이계명(李繼命)이 부모님 상을 치르는 중에도 와서 조문을 하고 갔다. 흥양에 있는 노비 우놈쇠, 박수매, 조택, 그리고 순화 처가 와서 인사하였다. 이기윤(李奇胤)과 몽생(夢生)도 왔고, 송정립(宋廷立)과 송득운(宋得運)도 다녀갔다.

저녁엔 정원명이 한산도에서 왔는데, 흉악한 자(원균)의 횡포를 여러 가지 이야기했다. 또 부체찰사가 좌수영에 나왔다가 병에 걸려 수영에 머물면서 몸조리를 하고 있다는 소식을 들었다.

우수사가 편지를 보내 조문하였다.

전장에서도 감옥에서도 늘 그리워하던 어머니였다. 그런 어머니가 감옥에서 풀려나온 아들을 한시라도 빨리 만나기 위해 여수 고음천에서 배를 타고 오다가 별세하였다. 아버지에 이어 어머니마저 임종을 지키지 못한 아들의 비통함을, 더구나 죄인의 몸이 되어 어머니 장례도 치르지 못하고 다시 남쪽으로 길을 떠나야 하는 아들의 참담함을 어떻게 표현할 수 있을지. 이순신도 그 슬프고 괴로운 마음을 글로 적기 힘들었던가 보다. 위의 일기는 모두 나중에 기록한 것이라 한다.

원균

1593년 2월 23일 흐림

수사 원균이 왔다. 그의 사람됨은 음흉하고 간악해 형편없기 짝이 없다.

최천보(崔天寶)가 양화(陽花)에서 내려와 명나라 군대의 소식을 자세히 들려주었다. 조도어사의 편지도 전했다.

1593년 3월 2일 종일 비가 옴

뜸 아래에 웅크리고 앉아 있었다. 수많은 생각들이 가슴을 두드려 대니 심사가 어수선하다.

이영남과 이여념이 와서 그 편에 영공 원균의 사리에 어긋난 행동에 대해 들었다. 한탄을 금할 수 없다.

1593년 5월 21일

새벽에 닻을 올려 거제 유자도(柚子島) 바다 가운데에 이르렀다. 대금산에서 적의 동정을 살피는 군사가 왜적이 예전처럼 드나든다고 보고하였다.

수사 원균이 거짓 공문을 보내 군사들을 동요시켰다. 군대 안에서 이처럼 다른 사람을 속이고 기만하다니, 그 사람됨이 음흉하고 분별없다는 것은 말할 필요도 없다.

1593년 5월 27일

비바람 때문에 배들이 서로 부딪쳐 유자도로 진을 옮겼다.

작은 배 세 척은 간 곳을 몰랐는데 오후 늦게야 들어왔다.

순천 부사와 광양 현감이 개고기를 마련해 왔다.

영남 병사가 보낸 답장이 왔는데, 수사 원균이 명나라 경략1_ 송응창이 보낸 불화살을 독차지하려고 계략을 꾸몄다 한다. 우스운 일이다.

전라 병사의 편지도 왔다. 창원에 있는 왜적을 오늘 모조리 토벌하려고 했지만 궂은비가 개지 않아 계획을 실행하지 못했다고 씌어 있었다.

1593년 5월 30일 종일 비가 내리다 오후 네 시쯤 잠깐 갰지만 다시 비가 옴

아침에 윤 봉사(奉事)와 변유헌(卞有憲)에게 왜적의 정황을 물었다.

이홍명이 와서 만났다.

수사 원균이 송 경략이 보낸 불화살을 혼자 쓰려고 술수를 부려, 병사가 불화살을 나누어 보내라는 공문을 보냈다고 한다. 그러나 원균은 도무지 공문을 따르려 하지 않을뿐더러 이치에 닿지 않는 말만 늘어놓으니 가소롭다. 명나라 조정에서 천자(天子)를 모시는 신하가 보내준 화공(火攻) 무기인 불화살 1530개를 나누지 않고 오로지 혼자서만 쓰려고 하다니, 그 간계는 입에 올릴 가치도 없다.

1_ 경략(經略): 명나라 때 중요한 군사적 임무가 있을 경우 특별히 설치하던 관직이다.

1593년 6월 10일 맑음

우수사가 와서 군대에 관한 계책을 세세히 의논하였다.

저녁에 영등포에서 왜적의 동태를 관찰하는 군사가 와서 보고하기를, 웅천에 왜선 네 척이 있었으나 본토로 돌아갔다고 하였다. 또 김해 바다 어귀에 왜적의 배가 150척 남짓 드나들었는데, 19척이 일본으로 돌아가고 그 나머지는 부산을 향한다고 전했다.

새벽 네 시쯤 수사 원균이 공문을 보내 내일 새벽 군대를 진격시키자고 하였다. 그 음험한 속내와 시샘을 이루 말할 수 없어 답장을 밤중에 곧바로 보내지 않았다.

1593년 8월 7일 아침엔 맑더니 해 지고 나서 농민들의 기대에 크게 흡족할 만큼 비가 내림

당포 만호가 작은 배를 가져가려고 왔다. 그래서 사량 만호에게 배를 보내 주라고 명했다.

저녁에 경상 우수사 원균 휘하의 군관 박치공(朴致公)이 와서 왜적의 배가 퇴각했다고 아뢰었다. 그렇지만 원균이나 그 아래 있는 군관들은 평소 허튼소리를 잘 전하니 믿을 수 없다.

1593년 8월 30일 맑음

수사 원균이 와서 영등포로 가자고 독촉하는데 음흉스럽다 하겠다. 원 수사가 지휘하는 배 25척은 전부 내보낸 터라 일고여덟 척만 거느리고 있을 뿐인데, 이런 말을 꺼내다니 그 마음 씀과 일 처리가 대개 이런 식이다.

1594년 6월 4일 맑음

겸사복이 임금님의 유지를 가지고 왔다. 수군 장수들이 서로 힘을 합치지 못하니 이제부터 구습을 모조리 고치라는 말씀이셨다. 황송한 마음에 한숨이 그치질 않는다. 이는 원균이 술에 취해 경거망동하였기 때문이다.

1597년 5월 8일 맑음

아침에 승장 수인(守仁)이 밥 지을 승려 두우(杜宇)를 데리고 왔다. 종 한경이는 일이 있어 보성에 보냈다. 흥양 노비 세충이 녹도에서 망아지를 끌고 왔다. 활 만드는 장인 이지(李智)가 돌아갔다.

오늘 새벽꿈에서 사나운 호랑이를 손으로 때려잡아 그 가죽을 벗겨 휘둘렀는데, 이것이 무슨 징조인지 모르겠다.

조종(趙琮)이 이름을 연(璉)으로 바꾸고 찾아왔다. 조덕수(趙德秀)도 다녀갔다.

낮에는 망아지에 안장을 얹어 정상명이 타고 갔다.

원흉(元兇: 원균)이 조의를 표하는 편지를 보냈다. 이는 원수가 그렇게 하라고 했기 때문이다. 한산도에서 온 이경신(李敬信)이 원흉에 관한 일을 여러 가지 이야기하였다. 자신이 데려온 서리를 곡식 사 오라는 명목으로 육지에 보내 놓고 서리의 처와 사통하려 했는데, 서리 처가 악을 쓰며 따르지 않고 밖으로 뛰쳐나와 고함을 지른 일도 있다고 했다.

원균이 온갖 술수로 나를 모함하는 것, 이 또한 내 운명이다. 서울로 끝도 없이 짐을 실어 보내고 구실을 만들어 나를 헐뜯기가 날로 심해진다. 좋은 세상 만나지 못한 이 신세를 나 혼자서 하으로 여길 뿐이다.

1597년 6월 19일

새벽에 원수 진영으로 갔더니 원수와 황 종사관이 나와 있었다. 원수는 내게 통제사 원균 공(公) 이야기를 했다.

"통제사가 벌이는 일들은 말할 수도 없을 지경이오. 안골포와 가덕도에 있는 왜적을 모두 무찌른 뒤에야 수군이 진격하여 적을 토벌할 수 있다고 하니, 이 도대체 무슨 생각이란 말입니까. 시간을 끌다가 나아가지 않겠다는 속셈에 불과하오. 사천으로 가서 독촉해야겠소."

임금님의 유지를 보니 안골포에 있는 적은 경솔히 들어가 공격해서는 안 된다고 씌어 있었다.

1597년 7월 21일 맑음

아침 일찍 출발하여 곤양에 도착하니 군수 이천추(李天樞)가 고을 안에 있었다. 많은 백성이 근본에 힘써 올벼를 거두기도 하고 보리밭을 갈기도 했다.

점심을 먹고 노량에 이르자 거제 현령 안위와 영등포 만호 조계종 등 여남은 명이 와서 통곡하였다. 몸을 피해 나온 군사들과 백성들 중에도 울부짖지 않는 자가 없었다. 경상 수사는 도망가 나타나지 않았고, 우후 이의득이 왔다. 싸움에서 지던 때의 상황을 묻자 모두 눈물을 흘리며 말했다.

"대장 원균은 적을 보더니 먼저 달음질쳐 육지로 내려갔고, 장수들도 죄다 원균을 따라 뭍으로 향한 탓에 이 지경이 되었습니다."

또 대장의 잘못은 입에 담을 수 없을 정도요, 그 살점을 씹어 먹고 싶은 심정이라고들 하였다.

거제 현령의 배에 묵으며 현령과 이야기를 나누었는데, 새벽 두세 시가 되도록 눈을 붙이지 못해 눈병이 생겼다.

임진왜란이 발발하고 전라 좌수사였던 이순신이 경상도 바다로 지원을 나가 함께 왜적을 물리칠 때만 해도 경상 우수사 원균과 이순신의 사이는 나쁘지 않았다. 그러나 전라도와 경상도 수군이 연합 작전을 펼치기 시작하면서 이들은 출전을 두고 자주 대립하였다. 원균이 대부분 곧바로 진격해 왜적과 싸우자는 주장을 하였던 반면, 이순신은 신중한 자세를 취할 때가 많았기 때문이다. 이는 이들이 속한 당파의 입장과도 유사했는데, 원균은 전쟁에 적극적이었던 서인(西人)이었고 이순신은 일본과의 강화를 도모했던 남인(南人)과 가까웠다. 전쟁이 계속되고 원균에 비해 공을 많이 세운 이순신이 1593년 8월 삼도수군통제사에 임명되자, 나이도 다섯 살 위인 데다 무관으로서 경력도 많았던 원균은 이순신을 더욱 못마땅하게 여겼다. 그러다 결국 두 사람의 관계는 돌이킬 수 없게 되었다.

나의 자리로 돌아와

1597년 8월 2일 잠깐 갬

홀로 앉아서 집을 지키고 있자니 사무치는 그리움을 어찌할
수 없어 비통할 따름이었다.

밤에 꿈을 꾸었는데 무언가 명(命)을 받을 조짐이 있었다.

1597년 8월 3일 맑음

이른 아침 선전관 양호(梁護)가 임금님의 교유서를 가지고
왔다. 바로 삼도수군통제사(三道水軍統制使)를 겸하라는 명이셨
다. 교유서에 절한 다음 조심스레 서장(書狀)을 받아들고 임금님
의 명을 잘 전해 받았다는 편지를 써서 봉하였다.

나는 즉시 출발하여 두치로 가는 길에 올랐다. 저녁 일곱 시
경 행보역¹-에 이르러 말을 쉬게 하고, 밤 열두 시쯤 다시 길을 나
서 두치에 도착하니 날이 밝아 오려 하였다. 박남해(朴南海)가 길
을 잃고 강가의 정자로 잘못 들어갔으므로 말에서 내려 불러왔
다. 쌍계동²-에 다다랐더니 뾰족한 돌들이 들쭉날쭉하고 금방 내
린 비로 물이 넘쳐흘러 간신히 건널 수 있었다. 석주관³-에 이르
자 이원춘(李元春)과 유해(柳海)가 매복해 방어하고 있다가 나를

1_ 행보역(行步驛): 지금의 경상남도 하동군 횡천면에 있던 횡보역(橫甫驛)을 가리키는 것으로
   추정된다.
2_ 쌍계동(雙溪洞): 지금의 경상남도 하동군 화개면 쌍계사 부근의 골짜기를 가리킨다.
3_ 석주관(石柱關): 지금의 전라남도 구례군 토지면 송정리에 있던 성곽이다.

보고는 왜적을 토벌하는 일에 대해 이러저러한 이야기를 했다.

저녁에 구례현에 도착했는데 온 고을이 적막하였다. 성 북문 밖, 예전에 들렀던 주인집에서 묵었는데 주인은 벌써 산골짝으로 몸을 피했다고 하였다. 손인필(孫仁弼)과 손응남(孫應男)이 곧 와서 인사하고 일찍 딴 감을 바쳤나.

1597년 8월 6일 맑음

아침밥을 먹고 길을 나서 옥과 경계에 다다르자 순천과 낙안의 피란민들이 도로에 한가득 쓰러져 있었다. 남녀가 서로 부축하며 가는데 마음이 아파 그 모습을 차마 볼 수가 없었다. 그들은 울부짖으며 이렇게 말했다.

"사또께서 다시 오셨으니 저희들은 살길을 얻었습니다."

길가에 대괴정(大槐亭)이라는 정자가 있어 말에서 내려 말을 쉬게 했다. 순천에 있던 군관 이기남이 와서 인사하며 이러다 구렁에 고꾸라질지 모르겠다고 말했다.

옥과현에 이르니 옥과 현감은 병을 핑계로 나와 보지 않았다. 정사준과 정사립이 먼저 와 문 앞에서 우리 일행을 기다리고 있었다. 조응복(曹應福)과 양동립(梁東立)도 우리를 따라왔다. 나는 병을 빙자한 현감을 잡아다 곤장을 치려고 했는데, 현감 홍요좌(洪堯佐)가 먼저 눈치를 채고 급히 나왔다.

1597년 8월 7일 맑음

일찌감치 출발하여 곧장 순천으로 향했다. 길에서 선전관 원집(元潗)을 만나 임금님께서 내리신 유지를 받았다.

병사 휘하의 군사들이 전부 참패한 뒤 길에 줄지어 돌아가고 있었으므로 말 세 필 및 약간의 활과 화살을 빼앗아 왔다.

곡성 어느 강가의 정자에서 잤다.

1597년 8월 8일

새벽에 길을 떠났다. 부유창4_에서 아침을 먹는데 전라 병사 이복남5_이 벌써 불을 놓으라고 명하여 남은 것이라고는 잿더미 뿐이었다. 보고 있자니 참담하였다.

광양 현감 구덕령(具德齡)과 나주 판관 원종의(元宗義)가 창고 밑바닥에 있다가 우리 일행이 온다는 소식을 듣고 황급히 구치(鳩峙)로 달아났다고 했다. 즉각 명령을 내렸더니 득달같이 와서 얼굴을 보이기에 나는 도망친 일을 꾸짖었다.

순천에 이르니 성 안팎이 인적 없이 고요했다. 승려 혜희(惠熙)가 와서 인사를 하여, 그에게 의병장 직첩(職牒: 임명장)을 주었다.

순천 관사의 창고에 있던 곡식과 무기 등은 전에 있던 그대로였는데, 병사가 처리하지 않고 달아났으니 한숨이 나온다. 총통 등은 옮겨 묻어 두고, 긴 화살과 아기살은 군관 등에게 나눠 가지게 했다.

순천 관사에서 묵었다.

4_ 부유창(富有倉): 지금의 전라남도 순천시 주암면 창촌리에 있던 곡식 창고를 말한다.
5_ 이복남(李福男): ?~1597. 조선 중기의 무신이다. 임진왜란 때 남원 부사, 전라 병사, 나주 목사 등을 지냈으며, 1597년 8월 남원성에서 왜적과 싸우던 중 전사하였다.

1597년 8월 9일 맑음

일찌감치 출발하여 낙안에 다다르니 사람들이 5리 밖까지 나와 인사하였다. 백성들이 달아난 까닭을 묻자, 왜적이 닥쳐온 다고 병사가 겁을 내어 창고에 불을 지르고 퇴각하였기 때문에 백성늘노 뿔뿔이 흩어졌다고 모두들 대답했다.

낙안군 관아에 도착해 보니 창고의 곡식은 모두 불에 타 버린 채였고, 아전과 백성들이 와서 인사하는데 눈물을 뿌리지 않는 자가 없었다.

오후에 다시 길을 떠나 10리쯤 가자 노인들이 길가에 줄지어 서서 다투어 마실 것을 바쳤다. 받지 않으면 통곡하면서 억지로 권하였다.

저녁이 되어 보성 조양창6_에 도착했다. 사람은 하나도 없었지만 창고의 곡식은 자물쇠를 채워 놓아 그대로였다. 군관 네 사람에게 맡아 지키게 하고, 나는 김안도(金安道)의 집에서 묵었다. 그런데 그 집 주인도 벌써 피란 가고 없었다.

백의종군의 처벌을 받고 전라남도 순천에서 구례, 경상남도 합천의 초계(草溪)로 이동하며 도원수 아래서 종군하던 이순신은 1597년 8월 3일 삼도수군통제사에 재임명된다. 임금의 명을 받은 이순신은 통제사로서의 임무를 수행하기 위해 곧장 통제영으로 향했다. 이순신이 제자리로 돌아왔다는 소식이 알려지자, 칠천량 해전에서 크게 패배한 후 각지로 도망쳤던 수군 장수들도 다시 이순신 아래로 모였다. 장수들은 물론 백성들의 절대적인 지지와 신임 위에서 이순신은 12척의 배밖에 남지 않은 조선 수군을 다시 일으켜 세운다.

6_ 조양창(兆陽倉): 지금의 전라남도 보성군 조성면 우천리에 있던 곡식 창고를 말한다.

두 번 다시 바다를 빼앗기지 않으리

1597년 7월 16일

저녁에 영암 송진면(松進面)에 사는 사노비 세남이 알몸이 되어 서생포[1]에서 왔다. 그 까닭을 묻자 이렇게 대답했다.

"저는 우후께서 타신 배의 노 젓는 선원입니다요. 7월 초닷 새 칠천량에 이르러 배를 대었다가 초엿새에 옥포로 들어갔죠. 초이렛날 해 뜨기 전에 말곶(末串)을 거쳐 다대포[2]로 갔더니 왜 적의 배 여덟 척이 정박해 있었습니다. 우리 배들이 곧바로 돌격 하자 왜놈들은 모조리 육지로 올라가고 빈 배만 매어 있었습니 다요. 그래서 우리 수군은 왜적의 배를 끌고 나와 불을 놓고 그 대로 부산 절영도 밖 먼 바다로 향했습지요. 바로 그때, 무려 적 선 1천여 척과 맞닥뜨렸는데 대마도에서 온 배들이지 뭡니까요. 서로 어떻게 싸울지 헤아려 보다가 왜적의 배가 어지러이 흩어지 면서 우리를 피했습지요. 끝내 무찔러 사로잡지 못했습니다요."

세남이 탔던 배와 다른 배 여섯 척은 제어가 되지 않아 서생 포 앞바다까지 떠내려왔는데, 뭍에 오르는 사이 대부분 죽임을 당하고 세남만이 수풀로 들어가 무릎으로 걸어서 목숨을 구해 간신히 여기까지 왔다고 했다. 세남의 이야기를 듣고 경악을 금 할 수 없었다. 조선이 믿는 바는 오직 수군뿐인데, 수군이 이 모 양이라면 다시 희망을 걸 곳이 없다. 선장 이엽(李燁)도 적에게

1_ 서생포(西生浦): 지금의 울산광역시 울주군 서생면 서생리 일대를 가리킨다.
2_ 다대포(多大浦): 지금의 부산광역시 사하구 다대동 일대를 가리킨다.

사로잡혔다 하니 더욱더 통탄스럽다.

1597년 7월 18일 맑음

새벽에 이덕필(李德弼)과 변홍달(卞弘達)이 와서, 16일 새벽 수군이 크게 패했다는 소식을 전했다. 통제사 원균이며 전라 우수사 이억기, 충청 수사 최호3_뿐 아니라 여러 장수까지 많은 피해를 입었다는 것이다. 터져 나오는 통곡을 가눌 수 없었다.

잠시 후, 원수가 나를 찾아와 일이 이미 이 지경에 이르러 어찌할 도리가 없다고 했다. 열 시까지 이야기를 나누었지만 대책이 서지 않았다. 나는 직접 바닷가로 가서 상황을 보고 들은 다음 방법을 정해 보겠다 했고, 원수도 흔쾌히 동의하였다. 송대립(宋大立), 유황(柳滉), 윤선각(尹先覺), 방응원, 현응진(玄應辰), 임영립(林英立), 이원룡, 이희남(李喜男), 홍우공(洪禹功)과 함께 길을 나섰다. 삼가현4_에 이르자 새로 부임한 현감이 나와 기다리고 있었다. 한치겸(韓致謙)도 왔다.

1597년 9월 7일 맑음

왜적의 동정을 살피는 군관 임중형이 와서 이렇게 보고하였다.

"왜적의 배 55척 가운데 13척이 벌써 어란포 앞바다에 당도했습니다. 우리 수군을 치려는 속셈인 게 분명합니다."

장수들에게 명령을 내려 두 번 세 번 당부하고 경계하였다.

3_ 최호(崔湖): 1536~1597. 조선 중기의 무신으로 임진왜란 때 함경 병사, 충청 수사 등을 역임하였다.

4_ 삼가현(三嘉縣): 지금의 경상남도 합천군에 속한 옛 지명이다.

오후 시니 시쯤 과연 직신 13척이 접근해 왔나. 나는 낯을 올려 바다로 나가라고 명령했다. 뒤쫓아 추격하니 왜적의 배는 머리를 돌려 달아났다. 먼 바다까지 쫓아갔지만 바람과 물살이 모두 거꾸로 밀려오는 탓에 배가 뒤집어질까 염려되어 끝까지 따라잡지는 못했다. 벽파정으로 돌아와 장수들을 불러 놓고 이렇게 단속했다.

"오늘 밤 반드시 야간 공격이 있을 것이다. 장군들은 미리 알고 대비하라. 조금이라도 명령을 어기는 자가 있다면 군법에 따라 처벌할 것이다."

몇 번이고 신신당부를 한 뒤 해산시켰다.

밤 열 시 경이 되자 예상대로 왜적이 몰려와 대포며 총탄을 퍼부어 댔다. 내가 탄 배에서 곧바로 앞을 향해 지자포를 쏘았더니 산과 바다가 들썩였다. 왜적들은 우리를 범할 수 없음을 알고 네 번이나 진격했다 퇴각했다 하면서 대포만 쏠 따름이었다. 그러다 새벽 한 시쯤 영영 물러갔다.

1598년 11월 17일

어제 복병장인 발포 만호 소계남(蘇季男)과 당진포 만호 조효열(趙孝悅) 등이 왜선 한 척을 추격했다. 왜선은 군량을 가득 싣고 남해를 출발하여 바다를 건너던 차였다. 한산도 앞바다에 이르자 왜적들은 해안에 배를 대고 뭍으로 올라가 도망쳐 버렸다 한다. 포획한 왜적의 배와 군량은 명나라 군사들에게 빼앗겨 빈손으로 왔다고 보고했다.

1598년 11월 17일 일기는 이순신이 남긴 마지막 일기다.

정유재란이 발발하고 삼도수군통제사로 재임명된 이순신은 명량 해전에서 승리하며 조선의 바다를 지켰다. 한편 도요토미 히데요시는 조선에 있는 일본군을 철수하라 지시하고, 1598년 8월 18일에 병으로 사망한다. 이에 순천 왜교에 성을 쌓고 주둔하던 고니시 유키나가는 일본으로 돌아가기 위해 사천에 있던 시마즈 요시히로에게 도움을 청하였다. 1598년 11월 19일, 고니시를 구원하러 순천으로 향하던 시마즈의 수군 부대를 공격한 것이 바로 이순신의 마지막 전투가 된 노량 해전이다. 이순신과 조선 수군은 시마즈 부대를 크게 이겼지만, 이순신은 이날 적의 탄환에 맞아 전사하고 만다. 그리고 고니시 유키나가가 일본으로 빠져나가면서 사실상 정유재란은 끝이 났다. 이순신은 이렇게 마지막 순간까지도 조선을 구하며 두 번 다시 조선의 바다를 왜적에게 내주지 않았다.

해설

1

『난중일기』(亂中日記)는 충무공(忠武公) 이순신(李舜臣)이 1592년 1월 1일부터 1598년 11월 17일까지 쓴 일기다. 이 일기가 처음부터 『난중일기』라는 제목으로 집필된 것은 아니다. 이순신의 일기는 원래 쓰인 연도에 따라 나뉘어 책으로 묶였으며, 각 책의 표지에는 『임진일기』(壬辰日記), 『계사일기』(癸巳日記)처럼 그 해의 간지가 적혀 있었다. 그런데 1795년 정조(正祖)의 명으로 『이충무공전서』(李忠武公全書)가 간행될 때, 이순신의 일기에 『난중일기』라는 이름이 붙여졌다.

이순신은 거의 매일 일기를 썼다. 바다에 나가 왜적과 전투를 치른 날도, 왜적이 쏜 총탄을 맞아 부상을 당한 날도, 감옥에서 풀려나온 날도, 아들의 부음을 들은 날도 일기 쓰기를 멈추지 않았다.

이순신은 왜 일기를 썼을까? '전쟁'이라는 너무도 비일상적인 상황을 체험하면서 그것을 기록으로 남겨야겠다는 의지가 이순신을 일기 쓰기로 이끌었던 것이 아닐까 생각한다.

일기는 말 그대로 '그날'의 기록이므로 이순신은 기억이 희미해지기 전에, 잊히기 전에 전선에서 몸소 겪은 일을 일기에 적었다. 이순신의 일기가 있기에 우리는 역사적 사건의 실상에 가까이 접근할 수 있고, 왜적을 물리치고 조선을 지킨 이순신이라는 위대한 인물의 삶을 깊숙이 들여다볼 수 있다. 이것만으로도 이순신의 기록 정신은 기려져야 할 것이다.

한편 『난중일기』 전편을 읽고 있으면 어느 수군 장수의 공무일지를 읽고 있는 듯한 인상을 받기도 한다. 일기의 많은 부분이 그날 어떠한 공무를 보았는지, 무슨 훈련을 했는지, 부하 누가 다녀갔는지, 조정이나 다른 군영에서 온 공문의 내용은 무엇인지 등으로 이루어져 있기 때문이다. 그러나 『난중일기』에는 이순신의 내면이 솔직하게 드러난 부분도 많다. 동시대 다른 문인의 일기보다 더욱 감성적이고 문학적인 글도 여러 편이다.

『난중일기』가 이순신의 공적인 면모뿐 아니라 사적인 면모, 즉 내밀한 자아까지 모두 담고 있음은 특히 유의되어야 할 점이 아닌가 한다.

2

이순신은 1545년 3월 8일 서울 간천동에서 태어났다. 본관은 덕수(德水)인데, 대대로 문과 급제자를 배출한 가문이었다. 부친 이정(李貞)은 벼슬을 하지 않았으나 5대조 이변(李邊, 1391~1473)은 예조 참의 및 형조 참판 등을 지냈고, 증조부 이거(李琚, ?~1502)는 세자 강관(講官: 세자에게 경서 등을 강의하던 관원)과 사헌부 장령, 병조 참의 등을 역임했으며, 조부 이백록(李百祿, ?~?)은 초시(初試)에 합격하여 성균관 유생(儒生)으로 있었다.

이순신도 한때 두 형님과 함께 문과를 준비하며 유학(儒學)을 공부하였다. 그러나 류성룡이 『징비록』에서 언급했듯, 이순신은 "어린 시절 영민하고 호기(豪氣)가 있어 남에게 매이지 않고, 동무들과 함께 나무로 활이며 화살을 깎아 가지고 놀"기를 좋아했으며, 마침내 스무 살 무렵 무과에 응시하기로 결심한다. 이순신이 무관이 되기로 마음을 바꾼 계기에 대해서는 알려진 바가 없다. 그렇지만 이순신이 어려서 유학과 문상을 공부한 덕에 전쟁의 한가운데서도 글을 지어 남길 생각을 했고, 그리하여 『난중일기』를 남기게 된 것은 아닐까.

한편 한 동네에 살면서 이순신을 어린 시절부터 지켜보아 온 류성룡은 이순신을 1591년 전라 좌수사로 발탁한다. 이순신의 강직함과 진중한 성품을 높이 샀던 것이다. 또한 이순신이 전라도 발포 만호와 정읍 현감을 역임해 전라도 일대의 사정을 잘 알고 있으므로, 왜적의 침입이 염려되는 상황에서 전라도 해역 방비의 적임자라는 판단이 섰기 때문일 것이다. 이렇게 전라 좌수영으로 부임한 이순신은 1592년 1월 1일부터 『임진일기』를 쓰기 시작한다.

3

임진왜란은 예견된 전쟁이었다. 일본을 통일하여 1585년 최고 권력자가 된 도요토미 히데요시(豊臣秀吉)는 자신의 권력을 굳건히 하기 위해 중국을 평정하겠다는 의지를 표명했다. "무력(武力)이 강한 일본국이 대명(大明) 문인(文人)의 나라를 쳐부순다"는 계획이었다. 그리하여 그는 조선에 명나라를 치러 가는 길을 빌려달라는 내용의 국서(國書)를 보낸다. 다시 말해 조선에 일본과 동맹을 맺고 명나라 침공의 길잡이가 되라는 제안을 한 것이었다.

조선은 도요토미 히데요시의 제안을 거절하고 일본의 실정을 알아보기 위해 통신사(通信使)를 파견했다. 그러나 어느 누구도 일본이 조선을 침략할 것이라고 단언하지 못했다. 조선은 혹 일본이 침입해 올지 모르니 능력 있는 장수를 발탁하고 전국의 성곽을 새로 짓거나 보수한다는 대책을 마련했지만, 건국 이후 전쟁 없이 살아온 조선의 백성과 관리들은 왜 일본의 침입에 대비해야 하는지 이해하지 못했다. 전쟁에 대한 방비가 갖추어진 곳은 얼마 되지 않았다. 이러한 때에 전쟁에 대한 방비가 철저히 이루어진 곳이 있었다. 바로 이순신이 나스리던 전라 좌수영이었다.

동헌에 나가 공무를 본 뒤, 북쪽 봉우리의 봉수대 쌓아 놓은 곳에 올라갔다. 참으로 잘 쌓아서 절대 무너질 리 없을 듯하였으니, 이봉수(李鳳壽)가 부지런히 일하였음을 알 수 있었다. 종일토록 바라보다가 저녁이 되어서야 내려왔다. 해자 구덩이도 둘러보았다. (1592년 2월 4일 일기)

아침밥을 먹고 관아에 나가 무기를 점고했다. 활, 갑옷, 투구, 화살통, 환도(環刀)는 깨지거나 훼손된 것들이 많았다. 모양을 제대로 갖추지 못한 것들이 너무 많아 담당 아전과 활 만드는 장인, 감고(監考) 등의 죄를 논하였다. (1592년 3월 6일 일기)

이순신이 조선을 지키기 위해 고군분투하고 있을 때, 무려 20여만 명의 일본군이 조선을 침공하였다. 도요토미 히데요시는 1년 이상 전쟁을 준비했고, 조선을 먼저 정벌한 뒤 명나라를 침공하기로 결심했다. 그리하여 1592년 4월 13일 고니시 유키나가(小西行長)의 군대가 부산 앞바다에 도착한다. 그리고 그다음 날 부산성을 공격하면서 임진왜란이 시작되었다. 부산성과 동래성이 연이어 함락되자 경상 좌수사 박홍(朴泓)과 경상 우수사 원균(元均)은 수영을 버리고 달아났다.

4월 18일에는 가도 기요마사(加藤淸正)의 부대와 구로다 나가마사(黑田長政, 1568~1623)의 부대가 남해안에 상륙해 진격을 시작했다. 육지의 조선군은 도무지 일본군을 당해내지 못했다. 일본군은 조총(鳥銃)으로 무장해 있었고, 얼마 전까지 일본 안에서 전쟁을 치렀던 터라 실전 경험이 많았다.

일본군은 무서운 기세로 북상하여 4월 24일에는 경상도 상주가, 4월 28일에는 충청도 충주가 무너졌다. 당시 조선의 최고 장수라는 이일(李鎰)도 신립(申砬, 1546~1592)도 일본군 앞에서 속수무책이었다. 일본군은 점점 서울에 가까워졌다. 임금은 결국 4월 30일 밤 서울을 떠나 피란하기에 이르렀고, 5월 3일 일본군은 서울을 점령했다. 그리고 6월 13일 평양성까지 무너뜨렸다.

그렇지만, 조선의 바다에는 이순신이 있었다. 경상 우수사와 힘을 합쳐 적선을 격파하라는 명을 받은 이순신은 1592년 5월 4일 경상도 해역으로 출전을 결행했다. 익숙지 않은 바다였지만 5월 7일에는 거제도 인근 옥포에서, 5월 29일에는 사천에서 일본 수군을 물리쳤다. 그리고 6월에는 고성 당항포 등지에서, 7월 8일에는 한산도에서, 9월 1일에는 부산포에서 왜적의 배를 수없이 침몰시키며 조선의 바다로 지켜냈다.

우수사(이억기)는 오지 않았다. 혼자서 여러 장수들을 이끌고 새벽에 출발해 곧장 노량에 닿았다. 경상 우수사도 약속 장소로 왔다. 왜적이 배를 댄 곳이 어디인지 묻자 적의 무리는 지금 사천 선창에 있다고 하였다. 즉시 가리키는 곳으로 갔더니 왜적은 벌써 배에서 내려 육지로 올라와 산봉우리에 진을 치고 있었으며, 배는 봉우리 아래에 줄지어 정박해 있었다. 왜적들은 재빠르고 견고하게 우리를 막아 싸웠다. 나는 장수들을 지휘하여 일시에 달려 나가 돌격하라고 명령했다. 화살을 빗발처럼 퍼붓고 여러 가지 화포(火砲)들을 폭풍 치듯 우레 치듯 어지러이 쏘아댔다. 왜적은 두려워하며 퇴각했는데 화살에 맞은 자가 몇 백 명인지 알 수 없었다. 왜적의 머리도 많이 베었다. 군관 나대용이 총에 맞았고, 나 또한 왼쪽 어깨에 총을 맞아 총알이 등을 뚫고 들어갔지만 중상에 이르지는 않았다. 활 쏘는 병사와 노 젓는 선원 중에도 총탄을 맞은 자가 많았다. 왜적의 배 열세 척을 불태우고 물러났다. (1592년 5월 29일 일기)

이순신은 이처럼 총탄을 맞아 부상을 당한 날에도 일기를 남겼다. 1592년 일기는 5월 이후 빠진 날이 많아 한산도 해전이나 부산포 해전의 상황을 이순신의 생생한 목소리로 들을 수는 없지만, 적과 대치하며 한 치 앞을 알 수 없는 전장(戰場)에서 이순신은 그날그날의 일기를 남겼다. 일기는 정유재란이 일어난 1597년에도 이어져, 우리에게 잘 알려진 명량 해전의 광경을 이순신이 손수 기록한 일기를 바탕으로 그려 볼 수 있다. (1597년 9월 16일 일기)

이순신은 출전한 해전에서 모두 승리했다. 주변의 지형과 물살, 조수 등을 고려하여 조선군에 유리한 해전 장소를 택하고, 일본군이 전투 태세를 갖추기 전에 기습 공격을 하는 등 전략 면에서 앞섰다는 것이 승리의 한 요인일 것이다. 또한 학익진(鶴翼陣)과 같은 전술의 사용, 일본군 무기보다 성능이 뛰어난 조선의 화포(火砲), 모든 부하가 자신을 따르고 분발하여 싸울 수 있도록 독려한 이순신의 지휘력 또한 승리의 주요한 요인이었다.

그러나 무엇보다 이순신이 늘 승리할 수 있었던 가장 근본적인 까닭은, 그가 언제나 자신보다 나라를 먼저 생각했다는 데 있다. 이순신은 전쟁에 직면하여 사사로운 나를 버리고 오로지 공적인 나, 즉 나라를 지킬 임무를 지닌 조선군 장수로서 생각하고 판단하고 행동했다. 이는 『징비록』이 증언하는 바다. 이순신은 부하들의 상처에도 마음 아파하는 사람이었지만 도망치거나 군율을 어긴 군사는 가차 없이 처벌하여 군대 안의 기강을 세웠다. 또한 점검과 훈련을 통해 언제 있을지 모를 전투에 늘 철저히 대비했다.

4

전쟁은 7년이나 계속되었다. 7년 내내 매일같이 전투를 벌인 것은 아니지만 전쟁으로 인해 조선 땅은 폐허가 되었다. 먹을 것, 입을 것, 살림살이까지 조선의 모든 이에게 모든 것이 부족했다. 조선 수군과 이순신이라고 해서 예외일 수는 없었다. 군량이 부족해 수군 군사들은 하루 두세 홉 정도의 양식을 먹었으며, 옷이 없어 헐벗은 몸으로 바다 위에서 혹독한 추위를 견뎌야 했다. 수영의 지붕은 비도 막아 주지 못했다. 통제사 이순신의 거처조차 수리할 수 없었던 것이 전쟁 중 조선 수군의 현실이었다.

하루 종일 비가 퍼부었다. 밤에는 광풍이 휘몰아치고 폭우가 억수같이 쏟아졌다. 지붕이 세 겹이나 말려 올라가 비가 삼대처럼 새는 탓에 앉은 채로 밤을 새고 새벽을 맞았다. 양쪽 창

문이 모두 바람에 부서져 젖었다. (1594년 8월 11일 일기)

이처럼 열악한 환경에서 전염병의 유행은 피할 수 없는 일이었다. 믿음직한 부하 어영담도, 곁에 두고 부리던 종 금산이도 전염병에 목숨을 잃었다. 그보다 군사 수천 명이 치료도 제대로 받아보지 못하고 주검이 되어 수영을 떠났다. 싸우다 죽은 군사보다 전염병으로 사망한 군사의 수가 비교할 수 없이 많았다. 이순신은 참담할 따름이었다.

전쟁 가운데 백성의 삶은 더욱 처참했다. 임진년 전쟁이 일어나고 한 달 뒤, 그 사이 일본군의 포로가 되었다가 구출된 소녀는 "아버지는 간 곳을 모르고 어머니는 죽었으며 오빠와 함께 적에게 잡혔는데 며칠을 배에 갇혀 있었다"고 하였다. 전쟁은 이처럼 가족을 뿔뿔이 흩어지게 했고, 더 이상 고향에서도 살 수 없게 했다. 전쟁이 장기간 계속되었기 때문에 백성들은 산골에서 피란 생활을 이어갈 뿐 농사를 지을 수 없었다. 백성들은 굶주림에 지쳐 쓰러졌고 굶어죽은 시신이 길에 가득했다. 『선조실록』(宣祖實錄)에는 백성들이 굶주릴 대로 굶주리다 산 사람을 잡아먹기도 하고 죽은 자의 살점을 발라먹기도 한다는 기사가 여러 군데 보인다.

아침에 고성 현감이 왔다. 당항포에 왜적의 배가 드나드는지 묻고, 또 백성들이 굶주릴 대로 굶주리다 서로 잡아먹는 참상에 대해 물었다. 백성들은 앞으로 어떻게 목숨을 보전하여 살아갈는지. (1594년 2월 9일 일기)

이순신은 전쟁 초기부터 백성의 처지를 안타까워하며 자신이 맡고 있는 남해안 일대의 백성을 돌보기 위해 애썼다. 전투에서 얻은 쌀과 포목 등의 전리품을 직접 인근의 백성에게 나누어 주기도 했고, 갈 곳 없는 피란민들이 수영 부근에서 농사를 지어 먹고 살 수 있도록 조처하기도 했다. 백의종군하던 이순신이 다시 통제사로 임명되었을 때, 백성들이 달려 나와 맞이하며 "사또께서 다시 오셨으니 저희들은 살길을 얻었습니다"라고 한 것은 아마도 진정에서 우러나온 말이었을 것이다.

이순신은 승리했지만 육지의 조선군은 대부분 일본군에 패했다. 당시 일본군이 조선인에게 저지른 만행은 차마 이루 말할 수 없는 것이었다. 1593년 진주성을 함락시킨 일본군은 성 안의 백성과 군사는 물론 살아있는 모든 것을 죽였다. 이러한 일은 수없이 반복되었다.

1597년 정유재란 때 자신이 모시던 성주(城主)의 명으로 종군한 일본인 승려 케이넨(慶念)은 『조선일일기』(朝鮮日日記)를 남겼는데,1- 이 일기에 일본군의 야만적 행위를 자세히 기록해 두었다. 일본군은 전라도의 들과 산과 섬을 모두 불태웠으며, 남원성을 공격한 뒤 인근의 사람들을 죄다 칼로 쳐 죽였는데 팔다리가 붙어 있는 시신이 없을 정도라고 했다. 케이넨은 이 모든 것이 차마 눈 뜨고 볼 수 없는 비참한 광경이라고 하면서 고통스러워했다. 그리고 일본의 농민이나 무사(武士)나 모두가 평판 때문에 고생을 참으며 맡은 바를 수행하고 있을 뿐, 전쟁은 그릇된 일이며 명분 없는 일이라고 적었다. 일본인의 눈에도 임진왜란과 정유재란은 참혹할 뿐 일말의 타당성도 부여할 수 없는 행위였다.

5

『난중일기』는 제목 그대로 전쟁이라는 난리 중에 쓴 일기지만, 그 안에는 이순신의 여러 가지 감정이 여과 없이 드러나 있다. 장수로서 언제나 공석인 것, 즉 나라를 먼저 생각하고 칠지한 준비로 빈틈없이 행동하던 이순신도 일기에는 그리움이나 기쁨, 분노, 슬픔, 절망과 같은 감정을 솔직하게 적었다.

　이순신의 일기에 가장 빈번히 표현되는 감정은 그리움이다. 이순신은 고향에서 멀리 떨어진 전장에서 생활하며 언제나 가족을 그리워했다. 연로하신 어머니의 안부를 알지 못해 애를 태우고, 배를 타고 먼 길 떠난 자식들이 무사히 바다를 건넜는지 가슴을 졸이며, 남 몰래 병든 아내를 걱정해 한숨짓는 이순신은 그저 누군가의 아들이자 누군가의 아버지, 그리고 누군가의 남편이다.

　말이 적고 진중한 성격의 이순신이지만 기쁜 마음을 일기에 적기도 했다. 전쟁에 대비한 무기가 군영에 잘 갖추어져 있을 때나 휘하의 군사들이 활을 잘 쏠 때뿐만 아니라, 새로 돋아난 풀이나 흐드러지게 피어난 꽃들을 보며 새봄을 느낄 때도 이순신은 흐뭇해하고 즐거워하였다.

　한편 이순신을 분노케 하는 것도 여럿 있었다. 공정하지 못한 처사, 사사로운 이익을 탐하여 나랏일은 뒷전인 관리들, 도망치거나 책임을 완수하지 못한 부하들, 제 한 목숨 구하고자 백성을 버리고 달아난 수령들, 그리고 원균이었다.

1_ 케이넨, 신용태 역, 『임진왜란 종군기』, 경서원, 1997.

이순신에게 원균은 '원흉'(元兇), 곧 몹시도 흉악한 사람이었다. 이순신은 『난중일기』에서 원균에 대해서만큼은 거침없이 또 과격하게 비난했다. 두 사람의 사이는 어쩌다 이렇게 돌이킬 수 없을 만큼 멀어졌을까. 그리고 이순신의 백의종군과 원균은 무슨 관계가 있는 것일까.

이순신과 원균은 한 동네 출신이다. 그렇지만 원균은 이순신보다 다섯 살 위이고 무관인 부친의 임지를 따라다니며 생활했기 때문에, 어린 시절 이순신과 가까이 지냈는지는 확실치 않다. 게다가 이순신과 원균은 정치적 기반이 달랐다. 이순신은 류성룡과 이원익(李元翼) 등이 속한 남인(南人)의 지지를 받았는데, 남인은 임진왜란 당시 일본과의 강화를 모색했으며 정국의 안정을 위해 다른 당파와 협조하는 것을 중시했다. 반면 원균이 속했던 서인(西人)은 윤두수(尹斗壽, 1533~1601) 등이 중심이 된 세력으로, 대의명분을 강조하며 일본과의 전쟁에 적극적이었다.

이순신과 원균이 전쟁을 대하는 자세는 각 당파의 입장과 비슷했다. 원균이 이순신에게 곧장 나아가 왜적을 공격하자는 제안을 해 오면, 이순신은 준비가 갖추어지지 않은 데다 적의 실정도 잘 모르는 상황에서 공격을 감행하는 것은 '작은 이득을 보고 공격해 큰 이익을 이루지 못하는 격'(1594년 2월 13일 일기)이니 기회를 보아 신중하게 출전을 결정하자는 답을 보내곤 했다.

전쟁이 시작된 후 원균은 스스로 이순신에 비해 더 많은 공을 세웠다고 생각했다. 그런데 이순신이 삼도수군통제사에 임명되어 자신보다 직위가 높아지자 이에 불만을 품었다. 원균은 상관 이순신의 지시에 비협조적일 때가 많았고 술에 취해 이순신을 모함하기도 했다. 이순신과 원균의 불화는 조정에서도 걱정하

는 일이었다. 하지만 선조는 원균과 이순신의 문제가 거론될 때
면 대개 원균을 두둔하곤 했다. 원균은 앞장서 싸우는 반면 이
순신은 출전을 머뭇거려 왜적을 토벌할 수 있는 기회를 놓친다는
것이 선조의 생각이었다. 심지어 선조는 이순신을 지혜가 적은
사람, 게으른 장수라 여겼고 대장으로서 석설지 못한 행동을 한
다고 보았다.

조정의 많은 신하들이 이순신과 원균이 힘을 합쳐 왜적을 바
다 위에서 물리쳐 주기를 바랐지만, 두 사람의 관계는 점점 더 악
화되어만 갔다. 그렇게 시간이 흘러 1596년 11월, 일본이 다시 조
선을 침략하려 한다는 소식이 들려왔다. 더욱이 일본 간첩 요시
라는 가토 기요마사의 군대가 모월 모일에 바다를 건너 조선으
로 온다는 거짓 정보를 조선 조정에 전했다. 요시라의 말을 믿은
선조는 이순신에게 당장 바다로 나가 가토 기요마사를 물리치라
고 명했다. 그러나 이순신은 이 정보가 과연 진짜인지 의심했고
여러 가지 이유를 들어 출전에 신중한 자세를 보였다. 그러던 중
가토 기요마사의 군대가 바다를 건너 조선에 이르렀음을 알게
된 선조는 격노했다. 이순신이 바닷길을 막지 않았기 때문에 충
분히 토벌할 수 있는 왜적을 놓쳐 버렸다고 여긴 것이었다. 선조
는 결국 이순신을 파직하고 체포하여 죄를 물었다.

이순신은 한산도에서 서울로 압송되어 감옥에 갇혔다. 선조
는 이순신이 나라를 저버린 죄를 지었다며 엄하게 형벌할 것을
명했지만, 정탁(鄭琢) 등이 이순신을 변호하여 한 달 쯤 뒤에 풀
려 나왔다. 이순신은 관직도 없이 도원수를 종군하는 처지가 되
어 남쪽으로 길을 떠났다. 몇 달 간 중단되었던 이순신의 일기
는 감옥에서 나온 1597년 4월 1일 다시 씌어지기 시작했다. 이순

신은 일기에서 마음이 언짢고 심란하다고는 했지만 자신의 억울함을 토로하거나 누군가를 원망하지는 않았다. 이순신이 걱정하는 바는 오직 어머니의 안부였다. 그러나 아들을 만나기 위해 여수 고음천에서 올라오시던 어머니는 배 위에서 갑작스레 돌아가셨다. 이순신은 가슴이 찢어지고 온 세상이 캄캄해 보일 정도로 슬펐다. 죄인의 몸이라 어머니 장례를 치르지도 못하고 종군하러 떠나야 하는 자신의 신세가 비참했다.

배를 끌어와 중방포에 대어 놓고 어머니 영구를 실어 본가로 돌아왔다. 고향 마을을 바라보니 눈물이 나고 가슴이 찢어진다. 이 심정을 어찌 말로 다하랴. 집에 이르러 빈소를 차리는데 빗줄기가 거세졌다. 남쪽으로 갈 일도 다급하니 부르짖고 통곡하며 다만 어서 죽기만을 기다릴 뿐이다. (1597년 4월 16일 일기)

이순신의 슬픔은 여기서 끝나지 않았다. 삼도수군통제사로 복귀하고 명량 해전에서도 큰 승리를 거두었지만, 그 해 가을 막내 면이가 왜적과 싸우다 죽었다.

저녁에 천안서 온 어떤 사람이 본가에서 보낸 편지를 전해 주었다. 봉투를 열기도 전에 살과 뼈가 먼저 후들거리고 정신이 어찔했다. 겉봉을 대강 펼쳐 열(葆)이의 편지를 보니 바깥쪽에 '통곡'(痛哭) 두 글자가 씌어 있었다. 면이가 전쟁터에서 죽었구나. 나도 모르게 간담이 내려앉고 목이 메었다. 통곡하고 통곡할 뿐이었다.
하늘은 어찌 이토록 어질지 못하신가. 내가 죽고 네가 사는 것이 당연한 이치인데 네가 죽고 내가 살았으니 무슨 이치가 이리도 어그러졌느냐. 하늘은 어둡고 땅은 컴컴하니 한낮의 해도 빛을 잃었구나. 슬프다! 우리 막내, 나를 버리고 어디로 간단 말이냐. 영특한 기질이 범상치 않아 하늘이 너를 세상에 남겨 두지 않은 것이냐. 내가 죄를 지어 그 화(禍)가 내 몸에 미친 것이냐. 이제 내가 세상에 남아 있은들 마침내 누구에게 의지한단 말이냐. 네 이름 부르며 울부짖을 따름이구나.

하룻밤이 1년 같았다. (1597년 10월 14일 일기)

이순신은 슬픔을 넘어 절망에 빠졌다. 자식을 먼저 하늘로 보낸 아비의 심정이 어찌 참담하지 않았겠는가. 그러나 이순신은 아들을 잃은 절망에 빠져 있을 수만은 없었다. 그는 면이의 아버지이기도 했지만 나라를 구해야 할 장수이기도 했다. 자식을 가슴에 묻고 왜적과 싸우던 이순신은 결국 조선을 지켜내고 왜적의 총탄에 맞아 막내아들 곁으로 떠났다. 아들보다 고작 한 해를 더 살았다.

6

이렇게 이순신의 생은 끝났다. 더불어 이순신의 일기도 끝났다. 그러나 이순신은 광화문 앞에 동상으로 서서 오늘을 살아가는 우리를 지켜봄으로써, 매년 4월 28일이 충무공 탄신일로 기념됨으로써, 이순신의 생애를 소재로 한 소설과 드라마와 영화가 끝없이 만들어짐으로써, 여전히 이곳에 살아있기도 하다.

수백 년 동인 만인의 존경을 받으며 잊히지 않는 영웅 이순신이지만, 이 책을 통해 그의 '인간'으로서의 면모가 좀 더 알려졌으면 한다. 공적으로든 사적으로든 흔들림 없이 신념을 지키고 진정으로 세상을 대하며 살아간 한 올곧은 인간의 모습을 독자들이 이 책에서 만나게 된다면 편역자로서는 더할 나위 없이 기쁘겠다.

『난중일기』의 완역본으로는 이은상 역, 『이충무공전서』(성문각, 1989)와 노승석 역, 『난중일기』(민음사, 2010) 등이 있다. 『난중일기』 전편을 만나고 싶은 분들은 읽어 보시기 바란다. 『난중일기』를 해설하는 데는 『한국사 29 – 조선중기의 외침과 그 대응』(국사편찬위원회, 1991), 류성룡 저·김시덕 역해, 『징비록』(아카넷, 2013) 및 박재상, 『화염 조선』(문학동네, 2009), 이민웅, 『이순신 평전』(책문, 2012) 등이 많은 참고가 되었음을 밝혀 둔다.

1545년(인종 1), 1세   — 3월 8일, 서울 간천동(乾川洞, 지금의 서울 중구 인현동 일대)에서 이정(李貞)과 초계 변씨의 네 아들 중 셋째로 태어나다. 유년기를 외가가 있는 아산(牙山)에서 보내다. 20세 무렵까지 문과(文科) 공부를 하다.

1565년(명종 20), 21세   — 상주 방씨(보성 군수 방진方震의 딸)와 혼인하다.

1566년(명종 21), 22세   — 무과(武科)로 전향하여 무예를 익히기 시작하다.

1567년(명종 22), 23세   — 맏아들 회(薈)가 태어나다.

1571년(선조 4), 27세   — 둘째 아들 울(蔚, 나중에 이름을 열悅로 바꿈)이 태어나다.

1572년(선조 5), 28세   — 훈련원(訓鍊院) 별과(別科)에 응시하였으나 시험 도중 말에서 떨어져 왼쪽 다리가 골절되고 낙방하다.

1576년(선조 9), 32세   — 무과에 급제하여 함경도 삼수군(三水郡) 동구비보 권관(董仇非堡權管, 종9품)으로 임명되다.

1577년(선조 10), 33세   — 막내 아들 염(苒, 나중에 이름을 면葂으로 바꿈)이 태어나다.

1579년(선조 12), 35세   — 훈련원 봉사(奉事, 종8품)가 되다. 당시 무관(武官)의 인사를 담당하던 병조 좌랑(兵曹佐郞) 서익(徐益, 1542~1587)이 자신과 친한 자를 무리하게 승진시키려 하자 인사 실무를 맡고 있던 이순신이 반대하다. 이에 충청도 병마절도사 휘하의 군관으로 자리를 옮기다.

1580년(선조 13), 36세   — 전라도 발포 만호(鉢浦萬戶, 종4품)에 임명되다. 전라좌도 수군 절도사 성박(成鎛)이 관사(館舍)의 오동나무를 베어 거문고를 만들려 하자, 이순신이 관의 물품을 사사로이 사용한다며 반발하다.

1582년(선조 15), 38세   — 서익이 이순신이 무기 관리를 소홀히 한다고 보고하여 발포 만호에서 파직되다.

1583년(선조 16), 39세   — 함경남도 병마절도사의 군관(軍官)이 되었다가 함경도 경원부(慶源府) 건원보(乾原堡) 권관이 되다. 국경을 넘나들며 소요를 일으키던 오랑캐 우을기내(亐乙其乃)를 유인하여 사로잡다. 훈련원 참군(參軍, 정7품)으로 임명되다. 11월 15일 부친이 돌아가시다.

1586년(선조 19), 42세   — 함경도 경흥부(慶興府) 조산보(造山堡) 만호가 되다.

1587년(선조 20), 43세 ─ 조산보 인근 두만강 하류에 위치한 녹둔도(鹿屯島) 둔전관(屯田官)을 겸하다. 9월 말 여진족이 노략질을 하기 위해 녹둔도를 침범하다. 다른 곳에서 추수를 감독하던 이순신이 도망치는 적을 추격하고 포로 일부를 되찾아왔으나 조선 측이 큰 피해를 입다. 당시 함경북도 병마절도사 이일(李鎰)이 이순신에게 패전의 책임을 지워 백의종군의 처벌을 받다.

1588년(선조 21), 44세 ─ 1월, 조선의 여진족 토벌 작전인 시전부락(時錢部落) 전투에 참여하여 공을 세우고 조산보 만호로 복직되다.

1589년(선조 22), 45세 ─ 전라도 관찰사 휘하의 군관 등을 역임하다. 정읍 현감(井邑縣監, 종6품)이 되다.

1591년(선조 24), 47세 ─ 류성룡(柳成龍)의 추천으로 전라좌도 수군절도사(정3품)에 임명되다. 일본군의 침략에 대비해 무기와 전선 등을 점검하다. 한편 도요토미 히데요시(豊臣秀吉)는 히젠(肥前, 지금의 규슈九州 사가 현佐賀縣 가라츠 시唐津市 일대) 해안에 조선 침략의 기지이자 지휘 본부가 될 나고야 성(名護屋城)을 축조하고 전국의 군대를 나고야 성 인근으로 집합시키며 전쟁을 일으킬 준비를 하다.

1592년(선조 25), 48세 ─ 4월 14일, 임진왜란이 발발하다. 5월 7일, 옥포(玉浦) 등지에서 왜선 44척을 물리치다. 5월 29일, 사천(泗川) 앞바다에서 적선 13척을 격파했으나 적이 쏜 탄환을 맞아 왼쪽 어깨에 총상을 입다. 6월, 당포(唐浦) 및 당항포(唐項浦) 등지에서 승리를 거두다. 7월 8일, 한산도(閑山島) 전투에서 왜선 70여 척을 물리치다. 7월 10일, 안골포(安骨浦) 해전에서 적선 40여 척을 격파하다. 9월 1일, 부산 앞바다로 출전하여 왜선 100여 척을 침몰시키다.

1593년(선조 26), 49세 ─ 웅천(熊川) 등 경상도 해역에서 왜적을 공략하다. 8월, 삼도수군통제사(三道水軍統制使)에 임명되다. 가을 무렵 한산도에 새로운 수군 진영을 세우다. 명(明)나라와 일본 사이에 강화 교섭이 진행되면서 전쟁이 소강상태로 접어들었으나 수군의 전력을 증강하고 군량을 확보하는 데 힘쓰다.

1596년(선조 29), 52세	— 9월, 도요토미 히데요시가 조선을 다시 침략하겠다고 선언하다.
1597년(선조 30), 53세	— 일본 간첩 요시라의 반간계(反間計) 사건 등으로 말미암아 이순신 탄핵 상소가 올라오자 선조(宣祖)가 이순신을 파직시킨 뒤 체포하다. 4월 1일, 석방되어 도원수 권율(權慄)의 휘하에서 백의종군을 시작하다. 4월 11일, 모친이 돌아가시다. 7월 16일, 칠천량(漆川梁) 해전에서 조선 수군이 참패하며 당시 통제사였던 원균 등이 사망하다. 8월 3일, 삼도수군통제사에 재임명되다. 9월 16일, 명량(鳴梁) 해전에서 13척의 전선으로 왜선 31척을 격파하다. 10월 14일, 막내 아들 이면이 왜적과 싸우다 전사했다는 소식을 듣다.
1598년(선조 31), 54세	— 7월부터 명나라 수군 장수 진린(陳璘)과 연합 작전을 펼치다. 8월 18일, 도요토미 히데요시가 사망하고 일본군은 조선에서 철수하기로 결정하다. 11월 19일, 노량(露梁) 해전에서 왜적이 쏜 탄환을 맞고 전사하다. 노량 해전 도중 일본군 장수들이 본국으로 탈출하면서 정유재란이 끝나다.
1599년(선조 32)	— 2월, 아산의 선영에 장사지내다.
1604년(선조 37)	— 1등 선무공신(宣撫功臣)에 봉해지고 '충무(忠武)'라는 시호(諡號)가 내려지다.
1795년(정조 19)	— 정조(正祖)의 명으로 『이충무공전서』(李忠武公全書)가 간행되다.

찾아보기